친애하는
나의 레오에게

우리 집에
보더콜리가 산다

우리 집에
보더콜리가 산다

박스타 ★ 그리고 씀

소동

그림을 그려보기로 했습니다

아침에 일어나자마자 설레는 마음으로 SNS를 접속했더니, 오늘도 메시지가 하나 와 있다.

"혹시, 실례가 안 된다면 저희 강아지도 그려주실 수 있을까요?"

앗싸! 오늘도 그림 의뢰가 들어왔다. 됩니다, 얼마든지 됩니다!

왠지 설레는 아침. 어떤 주제로 그릴지 요청 사항을 물어보고 메모를 하기 위해 파일을 열었다. 벌써 30번째 요청. 그동안 그려온 주제와 앞으로 그려야 할 주제들이 정리되어 있는데……. '와, 언제 이렇게나 그렸대?'

앞으로 그려야 할 주제가 10여 개 있다. 일이었다면 압박이고 부담이라 들숨 날숨 한숨만 쉬다 파일을 껐을 텐데, 오히려 매번 설레고 기대가 된다.

나는 지난 14년간 때론 울고 때론 불며 회사를 다니던 디자이너였다. 기획자를 통해 작업 의뢰 파일을 받으면 잘해야 한다는 압박과 정해진 시간 안에 결과를 내야 하는 촉박함으로 늘 머리를 쥐어짜며 살았다. '회사가기싫어병'에 걸려 백번 천번 퇴사를 소망하던 나는 어느 눈이 부시게 아름다운 날, 드디어 오랜 소망을 실행에 옮겼다. 그렇게 내 소망대로 회사를 졸업하고 자유로운 백수가 되었다.

  퇴사 전 늘 머릿속으로만 그렸던 여유로운 삶을 위해 요리도 배우고, 비록 한 달 다녔지만 미술학원 등록도 하고, 어느 날은 종일 누워서 영화를 몰아보기도 했다. 목적 없이 그냥 흘러가는 대로 살다 보니, 문득 이제 때가 되었다는 생각이 들었다.

  '그렇다, 이제 강아지를 키울 때가 되었다.'

  견주로서 최고의 직업은 백수라 하지 않았던가! 나는 아주아주 자격이 충분하다고 생각했고, 근거 없이 자신했다. 그렇게 준비 없이 레오를 만났다. 보더콜리가 뭔지도 몰랐고, 내 손을 타고 바닥에 누워 오줌을 싸는 레오를 보며 '이것이 간택이구나' 싶어 집으로 데려왔다. 아니

나 다를까, 얼마 되지 않아 나와 남편에게 폭풍 같은 후회가 몰아쳤다.

생명을 책임지는 일을 함부로 벌였다는 것에 덜컥 겁이 났고, 갑작스러운 혼란에 모든 것을 되돌리고 싶었다. 하지만 어느새 내가 붙여준 이름, '레오야' 하고 부르면 파란 눈을 반짝이며 눈 맞추는 레오를 차마 보낼 수 없었다. 그래서 우리는 레오를 끝까지 책임지기로 굳게 마음먹었다. 아자 아자! 할 수 있다!

레오가 내 삶으로 들어오자, 나는 이 작고 소중한 존재를 어떻게 해야 할지 몰라 꽃이 한창 피는 4월의 봄날을 종일 집에서 보냈다. 레오의 하루가 파악되고 나름 안정이 되어서야 레오 잘 시간에 맞춰 책 한 권 들고 동네 카페로 가서 커피를 마실 수 있었다. 주변 지인들은 이런 나의 삶을 신기해했다. 마치 어린아이를 집에 놓고 나오는 엄마처럼 CCTV를 설치해놓고 틈틈이 확인해댔으니 말이다.

그날도 레오 잘 시간에 혼자 카페에 나와 커피를 마시는데, 둘러보니 주변 사람들은 대부분 누군가와 함께였다. 그날따라 나도 누군가와 함께했으면 좋겠다는 생각이 들었고, 그게 누구면 좋을까 생각하며 휴대폰 연락처를 뒤적거렸다. 문득, 그게 레오라면, 레오와 함께 앉아서 오늘 산책은 어땠는지 요즘 바꾼 사료는 입맛에 맞는지 이야기하고 싶다는 생각이 들었다. 강아지를 키우니 별생각을 다 한다며, 즐거운 상상 속에 집으로 돌아와 스케치북과 색연필을 꺼냈다. 그리고 함께 의자에 앉아서 커피를 마시며 내 이야기에 반짝이는 눈을 맞추는 레오를 그렸다. 바로 첫 그림 〈나랑 커피 한잔 할래?〉이다.

SNS에 그림을 업로드했더니 몇몇 분들이 자신의 강아지를 그려달라고 하셨다. 강아지와 하고 싶은 일을 주제로 요청을 받았는데, 어떤 이는 함께 뉴질랜드로 여행하길 원했고, 또 어떤 이는 이별한 강아지를 다시 만나고 싶어 했다. 보호소에서 데려온 아이의 입질로 마음고생하시던 어떤 분은 공원을 함께 달리는 모습을 그려달라고도 했다.
그림 속에서 불가능한 것은 없었다. 멕시코, 스페인, 뉴질랜드 어느 곳이든 강아지와 여행할 수 있었고, 헤어진 강아지를 만나기도 했다.

상상 속의 나는 멕시코에 다녀오기도 했고, 무지개다리 너머 강아지들의 안부를 묻기도 했다. 온갖 상상을 하며 즐거운 마음으로 그림을 그려나갔다.

여전히 나의 그림은 서툴다. 그럼에도 불구하고 마음으로 따뜻하게 보아주시고, 응원해주신 분들께 감사의 마음을 전하고 싶다.

이 책은 나만의 이야기가 아니다. 이웃집 보더콜리들의 사연을 인터뷰한 뒤 나의 목소리로 쓰고 그림으로 그려낸, 우리네 보더콜리들의 '웃다가도 뒷목 잡고, 슬프다가도 마음 따뜻해지는' 이야기다. 우리 집 보더콜리, 사랑스러운 레오와의 이야기도 서로 주고받듯 담아내었다.

레오는 나의 많은 부분을 변화시켰다. 집순이에 오늘 일은 내일로 척척 넘기던 내가 매일 주저 없이 산책을 나가고, 레오라는 이름을 부르기만 해도 가슴이 찡해지는 감성 덩어리가 되었으니 말이다.

오늘도 박 백수는 즐거운 마음으로 그림을 그려나가고 있다.

슥-슥스윽.

나랑 커피 한잔 할래?

차례

#2

네, 사서 고생합니다

#3

나의 힘 나의 위로

#4

너와 함께한 봄 여름 가을 겨울

#5

우리 꼭 다시 만나

에필로그

독자 여러분께

★ 이 책은 보더콜리와 함께하는 사람들의 이야기를 그림과 글로 엮은 것입니다. 이웃집 보더콜리 가족들, 작가와 반려견 레오의 에피소드는 서로 이야기를 주고받듯 교차로 전개됩니다.

★ 이 책에는 작가의 강아지 '레오'와 "윤지와 레오" 편의 '레오', "느리게 사는 숲속 마을" 편의 '레오' 이렇게 세 '레오'가 나옵니다. 이름은 같지만 각각 다른 아이랍니다. "나의 집, 보리", "덤보리와의 시골 라이프", "우리 가족의 봄 보리"에서도 개성 넘치는 서로 다른 세 '보리' 이야기를 만나보세요.

브로콜리 아니고
보더콜리

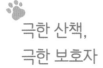

극한 산책,
극한 보호자

"아휴 녀석, 이제 산책 나왔구나? 신나서 아주 힘이 넘치네?"

산에서 만난 아저씨가 웃으며 태봉이에게 인사를 건넨다. 우린 이미 2시간이나 산책했는데…… 하하. 산책 뒤 집으로 돌아가는 길에 만나는 사람들로부터 늘 비슷한 인사를 듣는다. 그도 그럴 것이 태봉이에게 지친 기색이라곤 1도 보이지 않고, 나를 힘차게 끌어대는 통에 뒤로 흙먼지가 일 정도니까.

'휴, 내가 태봉이 산책을 시켜주는 건지 태봉이가 나를 훈련시키는 건지 모르겠네.'

잠시 멈춰 땀을 닦는데 태봉이가 옆에 앉아서 까만 눈을 반짝이며

내가 꿈꾸는 산책은 말야

나를 기다려준다. 그래도 처음보다 수월해진 우리의 산책. 조금은 의젓해진 태봉이가 기특하고 사랑스럽다.

내 삶이 이렇게 변한 건 2년 전 여름, 보더콜리 키우자고 노래 부르던 남편의 소원이 이루어진 어느 날부터였다. 강아지에 대해 관심도 없었고 좋지도 싫지도 않았던 나는 그렇게 내 인생 첫 강아지, 태봉이를 만났다. 그리곤 얼마 지나지 않아 보더콜리 별명이 왜 '체대생'인지 알게 되었다.

3개월 된 태봉이는 긴 시간 공놀이를 해줘도 좀처럼 지치는 기색이 없었다. 아무리 던지고 던지고 또 던져도 태봉이의 눈은 처음과 똑같이 초롱초롱 빛났다. 이렇게 활동적이고 똑똑한 태봉이를 어떻게 하면 잘 키울 수 있을까 고민하던 차에 남편 제안으로 퍼피 트레이닝을 받게 되었다. 담당 훈련사가 집으로 와서 진단을 해주는데, 태봉이는 엄청나게 예민하고 똑똑한 강아지란다. 그래서였을까. 유난히 자전거, 오토바이, 자동차 같은 움직이고 달리는 것에 쉽게 흥분했다. 또 다른 문제도 발견되었다. 바로 산책이었다.

밖에 나가기만 하면 태봉이는 어느 때보다 흥분했다. 그 작은 몸으로 상상하지 못할 만큼의 힘을 발휘해 나를 끌어댔다. 나는 매일같이 빛과 같은 속도로 태봉이에게 끌려다니며 산책 아닌 산책을 했다. 손이 벌겋게 달아오르고 숨이 턱까지 차올랐지만 이 고행 같은 산책을 멈출 순 없었다. 하루라도 산책을 쉬면 안 될 것 같았기 때문이다. 태봉이를 위해 눈이 오나 비가 오나, 매일 마음을 굳게 먹고 산책을 나갔다.

훈련사는 태봉이의 이런 문제점을 해결하려면 가슴줄 대신 목줄을 해야 한다고 강하게 얘기했다. 하지만 나는 쉽사리 그 말을 따를 수가 없었다. 텔레비전에서 가슴줄 훈련이 더 좋다고 했고, 귀한 나의 태봉이에게 목줄을 채우는 것이 학대같이 느껴지고 미안했기 때문이다. '목줄은 절대 안 돼!' 하며 버티고 버텼지만 문제가 전혀 해결되지 않자, 결국 눈물을 머금고 채울 수밖에 없었다. 그런데 이럴 수가! 목줄을 채우자 태봉이의 흥분도는 줄어들기 시작했고, 서서히 달라져가는 것을 느낄 수 있었다.

벌써 태봉이와 함께한 지 2년이 흘렀다. 아직 완벽하지는 않지만 우린 함께 노력하며 더 편안한 산책을 향해 나아가고 있다. 강아지를 몰랐고, 보더콜리는 더더욱 몰랐던 내게 태봉이는 많은 것을 알려주었다. 보고 있어도 보고 싶은 존재가 있을 수 있다는 것, 힘들지만 그 존재가 뛰는 모습 하나면 모든 피로를 잊고 다시 산책을 반복할 수 있게 된다는 것, 하루하루가 그 존재 때문에 너무나 소중하다는 것을……. 오늘도 나는 태봉이로 인해 배운다.

체대생 태봉아! 앞으로 30년 동안 나와 함께 건강한 모습으로 매일매일 산책하자!

레오,
오래 살 수
있는 거야?

3개월이 막 지난 레오의 에너지는 2018 S/S(Spring Summer) 신상이라 그런지 쉽게 닳지 않았다. 급속 충전도 가능했다. 잇몸 위로 새하얀 이빨들이 올라오기 시작하자 레오는 자신의 힘의 한계를 시험하고 싶어 했다. 어느 날은 벽 모서리로 돌진하더니 벽지를 '갉갉갉갉' 갉아 먹었고, 어느 날은 인터넷 전선을 끊어버리려 '갉갉갉갉' 갉아댔다.

'드디어 때가 되었나?'

그렇다! 드디어 때가 되었다. '터그놀이할 때'가! 어느 날 즐거운 놀이로 레오의 에너지를 해소시켜주기 위해 그리고 우리 집을 지키기 위해, 남편이 신나게 터그놀이를 해주고 있었다.

"어? 레오 입에서 피가 나!"

가슴이 철렁하여 바로 달려가 레오를 이리저리 살펴보았다. 오 마이 갓! 레오의 작고 소중한 윗니 하나가 세로로 절반이 부러져 있었다. 다음 날 병원에 가 보니 일단 유치니까 자연스럽게 빠지는지 지켜보자고 했다. 안 빠지면 그때는 이 자그마한 레오를 마취한 뒤 발치해야 한단다. 집으로 돌아오는 길에 남편에게 레오는 아직 4킬로그램도 안 되는 작고 소중한 아이임을 다시 한번 상기시켰다.

레오는 이빨 반쪽을 잃었지만 에너지는 여전했다. 그날도 밥 먹고 기분 좋게 남편과 소파 위에서 장난감을 가지고 놀고 있었다.

"어? 레오야? 레오!"

설거지를 하다가 등 뒤로 들리는 남편의 다급한 목소리에 불길함을 느끼며 뛰어갔다. 아뿔싸! 소파에서 놀던 레오가 바닥에 떨어져 있는 게 아닌가. 그러더니 꼼짝 않고 누운 채 스르르 눈을 감았다.

"어? 어! 레오야! 레오, 눈 떠! 레오, 레오야!"

저승사자 쫓아 달려가는 강아지를 붙잡는 심정이랄까. 자꾸 눈을 감는 레오의 몸을 함부로 흔들지도 못하겠고, 우리는 그저 레오 이름을 온 집이 떠나가라 부를 뿐이었다.

'제발, 우리 레오 좀 살려주세요, 제발!'

기도가 통한 걸까? 다행히 레오는 눈을 다시 떴고, 곧 하얀 꼬리를 슬렁슬렁 흔들었다. 남편과 나는 주저앉아 미안하다며, 다시 살아줘서 고맙다며 레오를 꼬옥 안았다. 우리는 이날 레오가 죽다가 살아난 거라고 생각하며 여전히 가슴을 쓸어내린다.

휴, 레오야. 너 오래 살 수 있는 거 맞지?

나의 최선

퇴근하자마자 가방에 여분의 배변봉투가 있는지 확인하고 물통에 물을 가득 채운다. 눈치 100단 선이는 산책 가는 줄 대번에 알고 문 앞으로 가서 하얀 꼬리를 좌우로 댕, 댕댕 치며 기다린다. 꾸물대지 말고 어서 나오라는 듯한 눈빛을 발사하면서.

'운동화 끈도 힘껏 조였으니, 이제 가볼까?'

한강까지 선이와 함께 걷는 길. 걸어서 꼬박 1시간 거리의 이 길을 가는데 '벌써 우리가 1년을 함께했구나.' 하는 생각이 들었다.

주말에만 일을 도와드리던 애견카페 사장님이 어느 날 상주견 '레아'의 새끼 강아지들을 분양한다고 했다. 강아지를 워낙 애정하는 나는 단 1초의 주저함 없이 여자아이를 데려오고 싶다고 말했다. 드디어 새끼들이 어미 개의 품에서 떠나도 될 시기가 되었고 레아의 새끼 강아지들 중에 유난히 내 눈에 들어오던 한 아이, 파스텔톤의 얼룩덜룩한 강아지를 가족으로 맞이하게 되었다. 강아지 이름은 내 성을 따서 '최선'이라 지었다.

회색 털이 유난히 빛나던 선이를 집으로 데려오면서 나는 얼마나 설레었던가. 벚꽃 봉오리가 생명을 움켜내던 그 봄날, 내 마음엔 이미 꽃잎이 흩날리고 있었다. 생각보다 수월한 강아지 육아에 봄을 만끽하며 한없이 행복해하던 나는 곧 얼굴이 화끈거리는 여름을 맞이했다.

'지금까진 좋았지, 아빠? 나 그냥 화가 나. 개춘기니까 말도 시키지 마! 쳐다도 보지 마!'

사춘기 딸이 방문을 팍 닫고 들어가 문을 잠가버린다면 이런 느낌일까? 착한 순둥이였던 선이는 내가 출근하고 나면 제2의 자아를 꺼내어 집 안 벽지와 가구를 인정사정없이 파괴해놓았다. 그리고 그 사이에 똥, 오줌을 싸놓는 일 또한 빼놓지 않았다. 엉망이 된 집을 치우는 것도 신경질이 나 죽겠는데, 꼭 그럴 때면 집주인이 찾아온다.

"아니, 하루 종일 개가 짖어서 못살겠어요. 개를 내보내든지, 같이 다른 집으로 이사를 가든지 하세요!"

벌게진 얼굴로 연신 죄송하다고 허리를 구부렸더니 마치 새우가 된

사실은 집순입니다만

기분이다. 문을 닫고 뒤돌아 집 안 꼴을 보는데, 단전에서 깊은 한숨이 올라왔다. '아, 나 못 참아!' 결국 한숨을 몰아 소리를 빽 질러버렸다.

"아오-씨!"

내 우렁찬 소리에 놀란 선이가 오줌을 지리고야 말았다. 그것마저도 짜증이 났다. 귀를 턱까지 내리고 바닥에 몸을 바짝 낮춘 선이가 슬금슬금 기어와 내 품에 안기려 한다. 화가 난 나는 그런 선이를 있는 힘껏 밀어냈지만 선이도 내 품에 안기려 온 힘을 짜낸다. 애쓰는 선이를 보는 순간, 치솟던 화가 스르르 누그러진다.

"아효, 이게 다 뭐라고…… 치우면 되지…… 그래, 이리 와."

그날로 내가 바뀌기로 했다. 선이 눈높이에 닿는 물건들을 치우고, 선이가 파괴하면 거기에 둔 '내 잘못이다' 생각하게 됐다. (그게 빨라요) 어느덧 10개월이 지나자 개춘기가 끝났는지 선이는 이전의 착한 선이로 돌아왔다. 언젠가 집 앞에서 마주친 집주인은 개를 다른 곳으로 보냈냐고 물었다.

"아뇨, 그 개 아직 여기 살아요."

오늘도 나는 선이와 한강을 향해 걷는다. 걸어가면서, 이따금씩 고개를 들어 나를 바라보는 선이의 따뜻한 시선을 느낀다. 오늘도 내가 퇴근하기까지 문 밖에서 나는 소리에 귀 기울이며 얼마나 기다렸을까. 그 마음이 안쓰러워 나는 매일 6시간씩 선이와 함께 걷고 뛴다. 나를 기다리는 데 쓴 선이의 9시간을 어떻게 보상할까 싶지만 나 또한 최선을 다해본다.

선이가 이런 내 마음을 알아줬으면 좋겠다. 내가 일하는 동안 집에서 편안히 지냈으면, 또 내가 반드시 너에게로 돌아온다는 것을 알았으면 좋겠다. 어느덧 우리는 함께 한강에 도착했다.

'자, 이제 저 멀리 보이는 친구들 사이로 가볼까?'

불편한 동거

"아니 글쎄, 아파트 현관으로 들어가는데 대형견 허스키가 저를 향해 이빨을 드러내는 게 아니겠어요? 저한테 달려들 것 같아서 저는 엘리베이터도 못 타고 계단으로 집에 갔어요. 제집인데 마음대로 들어갈 수도 없고, 근데 왜 입마개는 안 하는 거죠?"

한참을 읽고, 또 읽었다. 좌로 보나 우로 보나 우리 레오에 대한 불편함을 호소한 글이다. 아침에 레오를 데리고 산책을 나갔다가 집으로 가던 길이었다. 우리 동 출입구로 들어와 엘리베이터를 기다리고 있는데, 어떤 여성이 공동 현관으로 들어왔다.

누가 누가 쫄보인가 대회를 연다면 쉽게 본선에 진출할 수 있을 만큼 쫄보인 나는 레오를 구석에 앉혀놓고 있었다. 그 여성은 우리를 한참 쳐다보더니 말을 걸어왔다.

"엘리베이터 타실 거죠?"

누가 봐도 나는 엘리베이터 타려고 기다리는 사람인데, 당연한 걸 묻는 그 여성의 의도가 궁금하던 찰나.

"음, 그럼 제가 계단으로 갈게요."
"네?"

찝찝한 마음으로 집으로 들어왔는데 뭔가 느낌이 싸하다. 아파트 커뮤니티를 확인해보니 역시 내 느낌이 적중했다. 7킬로그램의 레오는 대형견 허스키로 둔갑해 있었고, 날이 더워 헥헥거렸을 뿐인데 이를 드러내고 상대를 위협한 개가 되어 있었다. 억울억울 열매를 먹은 듯 세상 억울해서 이를 어떻게 할까, 새 글을 쓸까, 댓글을 달까, 뭐라고 쓸까 고민에 고민을 했다. 남편과 상의 끝에 이번엔 그냥 넘어가기로 했다. 우리 레오가 저렇지 않다는 걸 가까운 이웃들은 알고 있으니까 우리가 참자면서. 쉬익, 쉬익.

아파트에서 강아지를 키운다는 것은 쉽지 않은 일이다. 우선 엘리베이터 사용이 잦은 시간대를 피해 산책을 간다. 엘리베이터에 아이들이 타고 있거나 불편한 기색을 보이는 사람이 있으면, 내가 먼저 기다리고 있었더라도 먼저 가라고 양보한다. 엘리베이터를 타더라도 사람들을 등지고 구석에서 레오를 내 몸으로 감싼다. 엘리베이터 안에서 사람들의 시선과 접촉을 최소화하려면 어쩔 수 없다. 그렇게 해도 등 뒤로 느껴지는 '그 개 줄 좀 꽉 잡으라'는 무언 유언의 압박은 피할 수 없다.

하지만 이런 것들이 불만이거나 불편하다고 생각하지는 않는다. 누군가는 불편하게 느낄 수 있고, 싫을 수 있다. 그러나 내가 그들을 이해하고 존중하는 만큼 나와 레오도 존중받아야 한다고 생각한다.

그 뒤 나는 레오의 정보가 담긴 산책 티셔츠를 제작했다. 4장을 만들

어서 남편과 번갈아 입고 산책을 나갔다. 등 뒤에는 다음과 같은 문구를 넣었다.

#허스키아니고보더콜리 #중형견 #개똥잘치우는견주 #해치지않아요 #저희도사람이무서워요 #펫티켓준수

소극적인 방법이지만 잔소리를 피하고 싶었다. 하지만 얼마 뒤 우리는 또 한 번의 트러블을 겪게 된다. 아, 더불어 살기 정말 어렵다.

나의 집,
보리

퇴근길. 이곳 호주 브리즈번의 하늘은 여전히 맑다. 슬픔이란 감정을 모르는 천진난만한 아이같이 파란 하늘 아래 얼마 전 새로 지은 우리 집이 보인다. 느리지도, 빠르지도 않은 걸음으로 마당에 들어섰다.

'공허해······'

배터리가 방전된 장난감처럼 소파에 누워 창문 너머 하늘을 보다가 내뱉은 말이었다. 언제부터였을까, 알 수 없는 무기력함과 채워지지 않는 공허함을 느낀 것이.

스물두 살 되던 해부터 한국을 떠나 살았다. 공부하러 떠난 길이었는데, 여러 나라에서 생활하다 호주에 정착한 지 8년이 되었다. 내겐 나를 사랑해주는 남편과 우리만의 집, 그리고 함께하는 여행, 소중한 것들이 늘 곁에 있었지만 매일 밤 이유를 알 수 없는 슬픔에 울곤 했다. 그날도 그랬다.

"여보, 우리 강아지 키워볼까?"

남편이 꺼낸 말에 지난날 나를 위로해주었던 강아지들 그리고 낯선 땅에서 집과 강아지가 그리워 울던 20대의 내가 생각났다. 한국에 들어갈 때마다 나를 반겨주던, 내 삶의 위로였던 녀석들은 2년 전 모두 세상을 떠났다. 동네를 걷다 보면 강아지를 많이 만나는데 키우고 싶은 마음이 커질까 봐 멀리서 눈으로만 봐오던 나였다. 집에서 강아지와 함께하는 삶이 어떤 거였더라······.

그날부터 평소 남편이 희망하는 견종이었던 보더콜리를 검색하기 시작했다. 마침 예전부터 눈여겨보던 유명한 분양 사이트가 있었는데, 브리더 프로필과 모견에 대한 정보, 자견 성장 환경 등이 투명하게 게시되는 곳이었다. 호주에서 보더콜리는 굉장히 인기 있는 견종이라 게시물이 올라오자마자 분양이 마감되기도 했다. 그러던 중 눈에 들어온 한 장의 사진. 다섯 마리 새끼 보더콜리 중 노란 털뭉치의 보리를 보고 바로 브리더 정보를 확인했다. 호주는 땅이 커서 강아지를 분양받기 위해 비행기로 방문하기도 하는데, 다행히 옆 동네였다. 떨리는 마음으로 해당 브리더가 정식 등록된 브리더인지 관련 기관에 확인을 거쳤다.

3월 어느 토요일, 지난 밤 비가 내렸는지 먹구름이 낮게 깔린 가을 아침이었다. 눈 뜨자마자 어제 온 메시지를 읽고 또 읽었다. 당장이라도 보리를 만나고 싶다는 내 연락에 브리더는 장소와 시간을 알려주었다. 설레는 마음으로 도착한 브리더의 집 마당에는 임시 울타리가 쳐져 있었다. 브리더는 우리와 인사를 나누곤 보리를 울타리 밖으로 꺼내주었다. 남편 말에 따르면 작고 토실토실한 보리를 보는 순간부터 내가 계속 웃었다고 한다.

브리더와 인터뷰를 시작했다. 견주로서 자격이 충분한지 확인하는데, 주 3일 이상 강아지와 충분한 시간을 보낼 수 있는지, 강아지를 키울 경제적 능력이 되는지, 강아지가 뛰어놀 수 있는 넓은 잔디 마당이 있는지 등이다. 마침 주 3-4일 근무하던 때라 이것을 강하게 어필했다.

분양을 받기로 결정하고 계약서를 썼다. 보리의 예방 접종 정보와 브리더와 모견에 대한 정보, 마이크로칩 정보와 강아지 키울 때 주의점, 보리가 어떻게 자랐는지, 어떤 사료를 먹고 어떤 음식을 좋아하는지가 적힌 편지와 보리가 먹던 사료를 받았다.

차에 타자 보리는 많이 긴장한 듯했다. 품에 안고 집으로 오는 내내 설렘으로 나 또한 어쩔 줄 몰랐다. 집으로 온 보리는 집 안 곳곳 냄새를 맡기 시작했다. 탐색을 끝낸 뒤 사료를 주자 새끼 강아지답게 먹다 그대로 잠이 들었다. 귀여운 녀석. 쌔근쌔근 잠든 보리가 있는 거실이 비로소 따뜻하게 느껴졌다. 그리고 얼마 후, 잠에서 깬 보리는 에너지가 충전되었는지 세상 발랄한 모습으로 우리 품으로 뛰어들었다. 보더콜리 라이프의 시작이었다.

일주일에 한 번씩 6주 동안 보리와 함께 퍼피 트레이닝을 받았다. 함

한국인의 힘은 밥에서 나온다며?

께 살아가는 방법을 배우고 기본예절을 배우는데, 보더콜리답게 다른 친구들보다 습득력이 빨랐다. 오구오구 사랑스러운 내 새끼!

보리를 데리고 사람이 많은 곳을 걸을 때 종종 강아지를 무서워하는 사람들을 만나는데, 대부분은 강아지 키우는 사람들을 존중하며 먼저 거부감을 드러내지 않는다. 물론 견주들도 그들을 존중하며 강아지가 무례하게 행동하지 않도록 한다. 가끔 보리가 돌발 행동을 할 때면 정중하게 미안하다고 하게 되는데, 대부분 답변은 이렇다.

"괜찮아, 네 강아지가 지금 굉장히 신이 난 것 같아."
"괜찮아, 퍼피라 그래. 그럴 수 있어."

그들의 이해와 존중 속에서 오늘도 보리와 편안한 산책을 이어간다. 집 근처에 도그파크와 도그비치가 있어 퇴근 후 자주 가는데, 해 질 녘 남편과 보리와 함께 앉아 하루를 정리하는 시간이 가장 소중하다.

내겐 사랑하는 남편이 있고, 우리들만의 집이 있고, 그 안에서 나를 기다리는 보리가 있다. 퇴근길, 설레는 마음으로 집을 향해 걷는다. 저 멀리 집이 보이자 엉덩이를 흔들며 반길 보리 생각에 점점 발걸음이 빨라진다. 나의 삶은 어느 때보다 평온하며 매일 따뜻한 사랑을 깨닫는다.

나는 행복한 사람이다.

구월동
히어로

일곱 살부터 대학교 1학년 때까지 살았던 '구월 주공아파트'는 꽤나 규모가 큰 단지였다. 학교 갔다가 집으로 오는 길, 사탕 사러 슈퍼마켓에 가는 길가마다 큰 벚나무들이 줄지어 있어 해마다 '벚꽃축제'가 열리기도 했다. 당시 구월 주공아파트에는 정의의 사도가 살고 있었다. 바로 우리 아빠다.

단지가 컸던 만큼 길고양이들도 많았고 좋은 사람, 나쁜 사람, 이상한 사람들이 뒤섞여 살고 있었다. 당시 엄마와 아빠는 치킨집을 운영하셨다. 그날도 아빠는 새벽일을 마치고 집으로 돌아오는 길이었다.

깜깜한 어둠 속, 풀숲에서 누군가가 부스럭거리며 뭔가를 하고 있었다. 이윽고 쇠 부딪치는 소리가 적막을 깨뜨렸다. 째쟁! 몽골인이 아닐까 싶을 정도로 시력이 좋은 아빠는 한눈에 알아봤다고 한다. 그것이 길고양이를 잡기 위한 덫인 것을.

그 아저씨는 일을 다 마쳤는지 슬그머니 어둠 속을 빠져나갔다. 이제 아빠의 시간이었다. 아빠는 아저씨 뒤를 밟으며 설치된 덫을 하나씩 하나씩 모두 수거했다. 그리고는 아침이 되기를 기다렸다.

'걸려라, 이놈.'

날이 밝아오기도 전에 정의의 사도는 서둘러 밖으로 나가 동네를 순찰했다. 잠을 설친 까닭에 피곤했지만 지난 새벽에 덫을 놓은 사람을 잡아야 했다. 그리고 분명히 경고해야 했다.

얼마 지나지 않아 머리가 하얗게 센 할아버지가 뒷짐을 지고 나타났다. 용의자 할아버지는 발로 풀숲을 이리저리 훑으며 적잖이 당황하고 있었다. 정의의 사도는 할아버지 옆으로 다가가 슬쩍 말을 건넸다.

"뭐 찾으세요, 어르신?"
"아…… 아니 내가 여기에 뭘 뒀는데, 그게 없어졌네."

아빠는 할아버지에게 길고양이들을 해치지 말라고, 그렇게 생명을 함부로 해서는 안 되는 거라고 경고했다. 할아버지는 발뺌을 하다, 자신이 허리가 좋지 않은데 고양이를 달여 먹으면 허리에 좋다는 말이 있어 덫이나 한번 놓아본 것이라고 했다.

그 할아버지는 '꾼'이었다. 이후로도 사냥꾼 할아버지는 자동차를 동원해 돌아다니며 덫을 놓았고, 아빠는 오토바이로 그 뒤를 쫓았다.

덫이 없어지기까지 아빠의 순찰은 계속되었다.

어릴 적 이야기지만, 시간이 꽤 흐른 지금도 크게 달라지지 않았다. 고양이들의 애옹애옹대는 소리가 싫어서, 그들이 자신의 아파트 복도에 와 추위를 피하는 것이 불편해서, 먹이에 약을 타서 죽이거나 밥 주지 말라는 경고장을 붙이는 경우를 쉽게 접할 수 있으니 말이다.

나는 히어로 영화를 좋아한다. 나쁜 악당들을 물리치고 약하고 선량한 이들을 구해주는 그런 영웅이 냥이들 세상에 있었으면 좋겠다. 아빠가 구해준 고양이들이 어느 날 신기한 능력을 갖게 되어 냥벤저스를 이루며 그들 세계의 평화를 위해 어디선가 싸워주길 상상해본다. 날카로운 손톱을 촤- 펼치고 화려한 액션을 선보이며, 고달픈 길 위의 친구들을 구해주길 바란다.

"도와줘요, 냥냥펀치 맨!"

덤보리와의
시골 라이프

"산책 가자, 사안-책, 오주움-책, 또옹-책."

살짝 오른 취기에 적당히 흥이 난 나는 덤보와 보리를 데리고 취중 산책을 나간다. 오늘의 다섯 번째 산책이다. 실외 배변만 고집하는 녀석들 덕분에 나는 또 주섬주섬 배변봉투를 챙긴다. 도시에 살 때 우리 삶은 그랬다. 하루 일과 중 빈틈이 보일 때마다 산책하는 삶이었다.

그러던 우리가 남편의 자진 발령으로 경주의 한 시골집으로 이사를 가게 되었다. 도시보다는 시골이 강아지 키우기에 눈치 보이지 않을 것 같다는 생각이었다. 시골집을 선택할 때는 작더라도 강아지들이 언제든지 볼일을 볼 수 있는 마당, 튼튼한 담과 대문만 있으면 충분하다고 생각했다. 주변에 어떤 이웃이 사는지 정도는 알아봤어야 했는데. 크, 나의 치명적인 실수였다.

그렇게 시작된 우리들의 시골 라이프는 결코 녹록하지 않았다. 동네에는 래퍼를 능가하는 할아버지가 사는데, 얼마나 구수하고 차지게 욕을 하는지 모른다. 매번 내용은 비슷하다.

"아니, 개는 딱 개집 만들어주고 나처럼 묶어서 키워야지! 왜 풀어서 키워 왜!"

아침을 깨우는 수다쟁이 할아버지의 랩을 들으며 처음엔 당황했지만 이제는 그 리듬에 몸을 맡겨 살짝 몸을 흔들 정도의 여유가 생겼다. 동네 할머니들은 내가 타드린 쏘맥의 매력에 푹 빠져서 그 이후로 친절하신데, 도무지 할아버지들 마음 잡기는 쉽지가 않다.

그리고 내가 참 복도 많지. 옆집에는 예민보스 아줌마가 사는데, 우리 덤보와 보리 때문에 동네에 파리가 많아졌다는 둥, 개털 날려서 못 살겠다고 우리 집 개들을 죽여버리겠다는 둥 몇 번의 난리를 피워 경찰 아저씨가 오신 일도 있다. 한번은 '해이'라는 아이를 임시보호한 적이 있는데, 굳이 까치발로 담 너머 우리 집을 훔쳐보고는 '그 허연 강아지는 안 키울 수 없냐'고 했다. 아이가 지금 아파서 새 주인을 찾아줄 때까지 여기서 살 거라고 했더니, 그 뒤로 돌아온 대답 역시 재미있다.

"아휴, 내가 더 아파, 내가 더!"

나는 아줌마의 병이 하루빨리 낫기를 바란다. 매일 담을 넘어오는 아줌마의 신경질적인 이야기들을 받아치는 데도 많은 에너지가 소모되기 때문이다. 나의 대답에 늘 '어디서 젊은 여성이 따박따박 대드냐'고 하는 아줌마의 빠른 쾌유를 빕니다!

유난스러운 이웃을 제외하면 시골 생활은 즐겁고 풍요롭다. 마당엔 보리와 덤보를 위한 간이 수영장도 있고, 강아지들이 먹을 수 있는 브로콜리와 당근, 양상추도 키운다. 그리고 언제든지 고기를 구워 먹을 수 있고, 무엇보다 나의 사랑스러운 강아지들이 마음껏 뛰고 배변할 수 있어서 좋다.

마당이 있어도 산책은 빠질 수 없는 필수 조건이다. 경주로 이사 온 후 시청에 전화를 걸어 수많은 유적지 중 강아지 출입이 가능한 곳이 있는지 물어봤다. 간단히 정리해본 내용은 '유료 유적지는 출입 불가, 무료 유적지는 출입 가능'이라는 것이다. 그렇게 우리들의 왕릉 도장깨기가 시작되었다.

오늘도 나는 덤보, 보리와 함께 인적이 드물고 자유롭게 풀 내음을 맡으며 계절을 오롯이 느낄 수 있는 곳을 찾아 떠난다. 여전히 옆집 아줌마는 아프고 동네 할아버지는 우리 집 앞을 무대 삼아 욕을 하지만, 나는 시골에서의 삶이 좋다. 어디에나 나와 생각이 다른 사람은 늘 있기 마련이니까.

수상한 비트에 몸을 맡겨 두둠칫

눈이 단춧구멍
같아서 단추

유난히도 추웠던 어느 겨울. 급격히 떨어진 온도 탓에 내린 눈이 모두 빙판으로 변해버렸다. 사람들 모두 외투에 달린 모자로 귀를 덮고 칭칭 감은 목도리 사이로 뜨거운 입김을 내뿜으며 발길을 재촉했다. 모두가 바삐 걸음을 옮기던 그때, 하얀 강아지 한 마리가 바닥에 놓인 얇은 방석에 의지한 채 오들오들 떨며 사람들과 눈을 맞추려 애쓰고 있었다. 그리고 강아지 옆에 놓인 사료 통과 쪽지 한 장…….

"키울 여건이 안 돼서 내놓습니다. 잘 키워주세요."

그렇게 버려진 하얀 강아지는 그날 엄마 품에 안겨 우리 집으로 오게 되었다. 눈이 단춧구멍 같아서 엄마는 '단추'라는 이름을 지어주었다. 단추는 굉장히 예민한 성격의 소유자였다. 예민보스 단추가 엄마

손길에 넙죽 따라온 걸 보면, 살아야겠다는 강한 의지 때문이었을 것이다. 그리고 제 주인이 자기를 버린 것도 알고 있었던 것 같다.

유기 전에 미용을 맡겼는지, 단추의 양쪽 귀는 촌스러운 오렌지색으로 염색이 돼 있었고 샴푸한 냄새도 났다. 그래서인지 단추는 목욕과 미용을 온몸으로 거부했고, 목욕을 시키려고 하면 나를 물기까지 했다. 전 주인이 그렇게 자신을 버렸기 때문에 목욕을 하면 또다시 버려질 것이라고 생각했을까. 마음의 상처가 깊었는지 우리 집에서 10여 년을 살고 죽기 전까지도 단추는 목욕을 싫어했다.

당시 우리 집에는 파양견 코커스패니얼 '햇님이', 누군가 집 앞에 놓고 간 고양이 '콩알이', 어미가 계단에 새끼를 낳고 가서 이름이 '계단이'인 또 다른 고양이가 있었다. 고양이들은 또 누가 왔느냐 하며 잠시 경계를 하더니 이내 가족으로 받아들였는데, 문제는 햇님이였다. 아니 정확히 말하면 햇님이와 단추의 관계가 문제였다. 심하게 경계하며 밥을 주면 서로의 밥그릇에 오줌을 쌌고, 결국 싸움이 붙어 유혈 사태까지 생기곤 했다.

그렇게 단추의 등장으로 우리 집은 조용할 날이 없었다. 단추는 '내 이가 더 크고 튼튼하다'며 험악한 분위기를 조성했고 햇님이도 이에 지지 않았다. 지금 같으면 전문가를 찾아가서 도움을 받고 문제를 해결했을 텐데, 그때 우리는 그저 소리 지르고 야단치며 둘을 떼어놓을 뿐이었다.

미용을 할 수도 없고 안 할 수도 없었던 단추는 견디다 정 안될 때, 완전히 거지꼴이 되어서야 겨우 미용을 했다. 단추와 햇님이가 미용하러 가기 위해서는 또 한차례 전쟁을 치러야 했다. 눈치 빠른 단추는 미용하러 가는 날이면 차 타기를 거부했고, 어마어마하게 신경질을 부렸다. 우리 사이에 통역사가 있다면 이야기하고 싶었다.

'단추야, 미용 끝나면 바로 데리러 올 거야. 절대 너를 버리지 않아.'

단추는 부르면 꼬리 치며 달려오고 산책도 잘하는 강아지였지만 정말 알 수 없는 성격을 가지고 있었다. 반갑게 달려와서 만져달라고 하면서도 만지면 으르렁대는, 안 만지면 만지라고 머리를 다시 들이대던 이상한 단추.

결혼하고 몇 해가 지난 어느 날, 극장에서 영화를 보고 나왔는데 휴대폰에 부재중 전화가 와 있었다. 동생 전화였다. 동생에게 연락하니 단추 소식이다.

"누나, 단추 오늘 죽었어. 침대 밑에서 안 나오길래 봤더니, 죽었어."
"그래⋯⋯."

추운 겨울 우리 집에 왔던 단추가 하늘나라로 갔다. 처음 겪는 일이 아니었고 슬퍼지기 싫었던 나는 애써 담담해지려고 노력했다.

'이제 우리 햇님이 심심하겠네. 그리고 우리 집 이제 조용해지겠네.'

미안해 …

　단추가 떠나고 우리 집은 정말 조용해졌다. 햇님이는 며칠 동안 밥을 먹지 않았고, 마치 단추를 애도하듯 잠만 잤다고 한다. 우리 햇님이도 느낀 그 빈자리를 단추의 전 주인은 느끼지 못했을까? 그가 어떤 사정으로 그 추운 겨울 어린 단추를 거리에 버려뒀는지는 알 수 없지만, 마음이 아팠기를 바란다. 온전히 우리에게 마음 주지 않은 단추에게 지워지지 않는 상처를 준 어떤 이가 조금이라도 후회했기를…….

'단추야, 거기선 햇님이랑 안 싸우지? 새롬이도, 누리도, 술라도, 벤지도, 혜성이도, 콩알이도, 계단이도, 그냥이도, 모두 잘 지내지?'

모두가 그리워지는 밤이다.

내 이름은 미남이

그날도 퇴근 후 치킨을 기다리며 침대에 누워 SNS를 보고 있었다.

'아이고, 얘가 아직 입양이 안 됐구나.'

　유기견 보더콜리의 새 주인을 찾는다는 게시물이었는데 아직도 찾지 못했는지 또 올라왔다. 마침 치킨 배달 아저씨의 초인종 소리에 휴대폰을 끄고 현관으로 뛰어나갔다. 월화수목금토일 매일 먹어도 맛있는 게 치킨인데, 그날따라 내가 껌을 씹는 건지 치킨을 씹는 건지 쉽사리 목으로 넘어가지 않았다.

　그날부터 고민은 시작됐다. 회사원인 내가 강아지를 키울 수 있을까? 강아지를 외롭게 만들지 않을까? 나보다 더 좋은 사람이 나타나지 않을까? 그렇게 매일 고민하던 나는 동생 권유로 메시지를 보냈다.

이전에 보더콜리를 키웠던 경험과 현재 나의 상황에 대해 빠짐없이 기록했다. 내 환경이 강아지를 키우기에 좋은 환경이 아니라는 것도 적었다. 회사원이라 강아지가 혼자 있는 시간이 길 텐데, 그래도 다른 좋은 주인이 나타나지 않으면 내가 데려오겠다는 내용이었다.

매미가 마지막 힘을 짜내어 매앰 맴맴 울어대던 8월 어느 토요일. 차가 없던 나는 친구 차를 얻어타고 함께 그 보더콜리를 데리러 갔다. 설렘과 기쁨도 잠시, 그렇게 만난 보더콜리는 어딘가 모르게 이상했다. 내 눈을 쳐다보지 못하고 불안한지 가만히 있질 못했다. 결국 차에 태우려다 리드 줄도 끊어졌다.

그렇게 불안해하는 강아지를 끌어안고 뚝뚝 떨어지는 침을 손으로 받아가며 2시간여를 달려 집에 도착했다. 집에 도착하자마자 그 강아지는 나만 쫓아다니기 시작했다. 본능적으로 의지해야 할 사람이 나라는 걸 아는 듯했다. 그렇게 나만 졸졸 따라다니는 강아지의 얼굴을 보니 그간의 고생이 느껴졌다. 앞으로 더 잘생겨지라고 '미남'이라는 이름을 지어주었다. 이때까지만 해도 나는 잘 알지 못했다. 그동안 미남이가 어떤 곳에서 살았는지, 어떤 아픔들을 겪었는지.

미남이 이야기

나는 시골의 한 견사에서 태어났어요. 그곳에서 태어나 1년 3개월이 되도록 밖으로 한 번도 나가본 적이 없었죠. 거기 살면서 견디기

미션! 우주 미아를 구하라

어려웠던 건, 맛없는 사료보다 갈증이었어요. 주인아저씨는 어쩌다 한번씩 사료와 물을 넣어줬어요. 사료는 먹지 않으면 남아 있는데, 이상하게 물은 자꾸 없어져요. 늘 목이 말랐죠. 비라도 내려주길 바랐어요.

어느 날 어떤 아저씨가 나를 대신 키우겠다며 이 집에서 꺼내주었는데, 정말이지 괜히 따라갔다 싶었어요. 나를 위한 거라고 중성화 수술을 해주곤 실밥도 안 풀어줘서, 매일 얼마나 간지럽고 아팠는지 몰라요. 집도 이전 집보다 작았고, 내 주인이라는 양반은 내가 짖어서 시끄럽다고 쇠막대기로 집을 쾅쾅 쳐대기나 했어요. 가끔은 나를 때리기도 하고, 정말 괴로운 날들이었죠.

나만 괴로운 건 아니었는지, 이 주인 양반이 어느 날 또 다른 아줌마를 데려왔어요. 여기보단 낫겠지 싶어서 모르는 척하고 따라갔는데 와씨, 그 집 블랙 레트리버가 절 보자마자 대뜸 멱살을 잡는 게 아니겠어요? 내 안에 울분도 쌓였겠다, 저도 막 싸웠죠. 그랬더니 새 주인아줌마가 하루 만에 절 못 키우겠다고 보내버렸어요.

진짜, 인간들 믿을 수 없어요. 다음이 누구든, 저는 마음을 열지 않을 거예요. 인간이라면 진짜 싫어!

사회성이라곤 전혀 없던 미남이의 세상에는 오직 나뿐이었다. 나를 제외한 모든 이들을 경계했고, 으르렁댔고, 짖었고, 달려들기도 했다. 사람이 없는 곳을 찾아다녔지만 어쩌다 마주하는 사람들의 말은 날카로웠고, 죄송하다는 말밖에 할 수 없었다. 그 시절에 나는 매일 밤 울었고, 지쳐 있었다. 이런 내 마음을 알았는지 나밖에 모르는 미남이는 나를 위로하듯 내 곁을 지켰다.

'그래, 천천히 가자.'

조급했던 마음을 내려놓고 미남이가 마음을 열 때까지 기다려주기로 했다. 미남이의 세상이 조금 더 넓어질 언젠가를 기대하면서……. 마음을 내려놓고 천천히 기다려주자 미남이는 조금씩 달라지기 시작했다. 나 아닌 다른 사람들에게, 강아지들에게, 서서히 마음을 열며 웃는 모습을 보여주기 시작했다. 뭉클하고 가슴 찡한 시간들이었다.

지난날 미남이가 살았던 환경을 생각하면 서글픈 마음이 들고 그 마음은 곧 미남이를 위한 쇼핑으로 이어진다. 그렇게 오늘도 내 지갑은 얇아지지만, 나는 미남이에게 더 좋은 음식과 장난감을 사주고 싶다.

미남이를 통해 나 또한 성장하고 있다. 유기견 후원만 하던 나였는데, 미남이를 만난 뒤로는 다른 강아지들을 임시보호하며 평생 가족을 찾아주는 일에 동참하고 있다. 오늘도 수많은 강아지들이 차가운 길 위에서 누군가의 손길을 기다리고 있다. 나는 그들의 세상이 따뜻해지길 바라며, 미남이와 함께 도울 것이다.

"당신이 내민 손의 온기에 아이들 세상이 따뜻하게 바뀔 수 있습니다. 그러니 외면하지 말아주세요. 그들의 삶을 응원해주세요."

누리야, 안녕

초등학교 2학년 때 일이다. 어느 날 엄마 아빠가 강아지 한 마리를 데려왔다. 갈색 털이 뽀송뽀송하게 난, 우리 집 첫 번째 강아지 포메라니안 '누리'다.

비가 오던 어느 날 누리는 안방에서 새끼 다섯 마리를 낳았다. 엄마와 아빠는 누리가 우리를 무서워할 수 있다고 안방에 들어가지 못하게 하셨다. 나와 동생은 작은 방에서 손을 붙잡고 기도했다. 귀여운 강아지들이 건강하기를, 그리고 누리가 죽지 않기를……. 엄마 아빠가 번갈아 안방으로 들어가 출산을 도왔는데, 얼마나 궁금하던지 벽에 귀를 대고 누리의 낑낑대는 소리를 들었던 기억이 난다.

네 마리 새끼 강아지들은 몇 달 동안 누리 품에서 자라다가 엄마 지인들에게 보내졌다. 그중 하나는 '딸기'라는 이름으로 사랑받으며 살았고, 또 하나는 시골에서 키운다고 데려갔는데 비 오는 날 밖에 방치되었다가 병에 걸려 죽었다고 한다.

'새롬이'라는 이름을 붙여준 새끼 강아지는 우리가 누리와 함께 키웠다. 그때는 잘 몰랐는데 포메라니안 두 마리가 집에 있다는 것은 친구들이 우리 집에 쉽게 올 수 없다는 말과 같았다. 친구들이 우리 집에 오면 누리와 새롬이는 감히 어딜 들어오냐며, '포메는 참지 않는다!'고 으름장을 놓았다. 결국 친구들과 놀이터에 가서 놀았던 기억이 난다.

어느 날은 어떤 아저씨가 우리 집 벨을 눌렀다. 어른들한테 할 말이 있다며 문을 열어달라기에, 순진하게도 나는 덜컥 문을 열어주었다. 그 아저씨는 신발장이 놓인 현관까지 쑥 들어왔는데 얼굴이 험상궂었고 무서운 느낌이 들었다. 큰 가방을 바닥에 내려놓더니 더 안으로 들어오려고 했다. 누리와 새롬이는 뭔가 심상치 않은 느낌을 감지했는지 더욱더 세차게 짖으며 아저씨를 저지했다.

동네가 떠나가라 짖는 소리에 엄마가 낮잠에서 깨어 밖으로 나오셨다. 아저씨는 새 삶을 살아보려 한다며 물건을 사달라고 가방을 열었다. 가방 안에는 칫솔도 보였고 무엇인지 모를 각종 연장들이 보였다. 엄마는 칫솔 몇 개를 사고 아저씨를 돌려보냈는데, 누리와 새롬이 덕분에 아저씨가 집으로 못 들어온 거라고 하셨던 기억이 난다.

고등학교 3학년, 가을쯤이었다. 원래 누리는 내가 불러도 잘 오지 않는 도도한 포메였다. 내가 어렸기 때문이라고 생각했는데, 고등학생이 되자 제법 오라면 오고 앉으라면 앉아서 나도 정을 많이 주고 있었다. 그런 누리에게 어느 날부터 온몸에 마비가 와서 움직이지 못하는 순간들이 잦아졌다. 아빠는 그런 누리를 마사지해줬고 그때마다 한참이 지나서야 다시 움직일 수 있었다.

그날은 알람이 울리기도 전에 눈을 떴다. 웬일인지 내 방에서 잠을 자지 않는 누리가 내 곁에 와서 만져달라고 하는 바람에 일찍 일어났다. 누리 숨소리가 힘겹게 느껴졌고, 왠지 누리가 오늘 나를 떠날 것 같은 예감이 들어 쉽게 일어날 수 없었다. 알 수 없는 감정에 나는 교복 치마를 입다가도 누리를 껴안고 울었고, 가방을 챙기다가도 누리를 안았다.

'누리야, 나 학교 다녀올게. 다녀올 때까지 기다려야 해, 꼭.'

비가 내리는 날이었다. 학교 가는 내내 버스에서 울었다. 학교에 가서도 엎드려 울었다. 수업이 끝나고 퉁퉁 부은 눈을 하고 집으로 달려왔지만 누리는 집에 없었다.

엄마와 아빠가 아파하는 누리를 데리고 병원으로 갔지만, 고통을 덜어줄 방법은 한 가지뿐이라고 했다. '안락사…….' 지금의 고통을 끝내주는 것이 누리를 위한 것이라고 했다. 엄마는 차마 보지 못했고, 아빠는 누리 가는 길을 끝까지 봐주었다. 그렇게 착하고 용맹하던 우리 포메 누리는 아빠와 눈을 맞추며 망설이는 아빠에게 "나는 괜찮으니 울지 마세요."라는 듯 지그시 쳐다보았고, 천천히 무지개다리를 건넜다.

진짜 슬픔과 그리움은 그날부터 시작되었다. 누리가 아프던 날들에 흘렸던 눈물이나 슬픔과는 비교할 수 없을 만큼 감당하기 힘든 큰 슬

품이 우리를 덮쳤다. 특히 아빠의 슬픔이 가장 길고 서글펐는데, 아빠는 내 기억에 세 달 가까이 누리를 추모하며 매일 밤 우셨다.

"샛별아, 누리가 죽었다."

매일 밤 흐느껴 울던 아빠의 뒷모습이, 힘없이 내 곁에 누워서 한참을 나와 눈 맞추던 누리가 기억난다.

우리 집 가장 도도했던 강아지, 누리야 안녕.

#2

네,
사서 고생합니다

느리게 사는
숲속 마을

남편과 여행 다녀오는 사이, 레오의 입양처가 결정되었다는 소식을 들었다. 그래 다행이다, 좋은 사람 만났으면 됐다 싶었다.

그런데 며칠 후 전화 한 통을 받았다. 꼭 입양을 안 해도 좋으니, 한 번만 더 레오를 만나 달라는 임시보호자의 전화였다. 새 입양처가 레오를 보내기에 마땅치 않았던 모양이다. 사실 그간 우리는 망설이고 있었다. 남편은 어릴 적 개에 물린 기억이 있어 강아지를 무서워했고, 강아지를 좋아하는 나도 큰 개를 키워본 경험이 없었다. 그리고 무엇보다 현재의 삶만으로도 충분히 바빴다. 결정을 내리지 못하는 사이 레오가 다른 곳으로 가서 또 한 번의 상처를 받았다는 사실에 미안하고, 마음이 아팠다.

레오의 전 주인은 회사원이었다. 홀로 집에 남겨진 레오의 일상은 매일 10시간씩 창밖을 바라보는 것이 전부였다. 선천적 관절 이상으로 수술한 뒤 제대로 재활을 하지 못해 굳어가는 다리를 하고도, 매일 제 주인을 기다렸다. 전 주인은 자신보다 더 좋은 주인을 찾길 바랐다. 돌고 돌아 내게로 온 레오를 보며 이제 어두운 곳에서 혼자 기다리지 않게 내가 너의 전부가 되어주겠다고 다짐하고 또 다짐했다.

레오가 집에 온 후 우리 집 풍경은 많이 달라졌다. 레오를 위해 마당이 있는 집으로 이사를 했고 마음껏 마당을 드나들도록 했더니, 가끔은 거실에서 신발을 신어야 할 정도로 지저분해졌다. 깔끔 씨였던 나는 레오가 다리에 흙을 달고 오는 모습을 보며 흐뭇해했고, 레오의 머리를 쓰다듬어주었다.

레오와 함께하는 두 번째 여름, 세기말에 가까운 폭염주의보가 내려진 어느 날이었다. 반려견용 케이지에 쪽지 한 장과 함께 버려진 네 살 된 강아지 게시물을 보게 되었다. 남편에게 이런 가여운 아이가 있다고 이야기했더니, 남편이 구조자에게 임시보호를 하겠다고 연락했다. 그래, 너무 더운 여름이니까, 좋은 주인 만날 때까지 우리 집에서 시원하게 지내게 하자. 우리 집은 이미 레오만으로도 충분했고 혹여나 레오에게 스트레스를 주고 싶지 않아서 임시보호만 하기로 했다.

그 아이를 집으로 데리고 온 지 열흘쯤 지나서였을까. 레오가 더 이상 내 무릎 위에 공을 올려두지 않았고, 놀자고 보채지 않는다는 것을 깨달았다. 두 아이가 함께 어울려 놀고 기대어 자는 모습을 보며 우리는 웃었고, 행복해했다. 그래, 너도 내 딸 하자!

새 식구 이름은 밀림의 왕자 레오의 여자친구 이름을 따서 '리하'라

단감, 곶감, 근데 우리 집에 언제 감

고 붙여주었다. 얼마 후 리하는 중성화 수술을 위해 병원에 갔다가 심장사상충 진단을 받았다. 6개월간 치료를 열심히 받았고, 다행히 깨끗하게 완치되었다.

온전히 나를 위해 살던 시간들이었다. 레오와 리하를 만나기 전까지의 삶은. 대학에서 겸임교수로 강의를 했고 일중독에 가까운 생활을 하던 나였다. 잠시 쉬어가던 차에 레오를 만났고, 삶은 변했다. 눈이 오나 비가 오나 산책하는 삶, 우리가 오래도록 함께하는 삶을 위해 계획에도 없던 온라인 창업을 시작했다. 덜 벌어도 우리가 함께 먹고살 수만 있다면 그걸로 충분하다고 생각하면서.

새벽 6시, 숲속 우리 집에 즐거운 하루가 시작된다. 아이들을 위해 마당으로 향하는 문을 열어주고 거실에서 쪽잠을 잔다. 7시가 되면 눈을 뜨고 주섬주섬 옷을 챙겨 입은 뒤 함께 숲속으로 산책을 간다. 새소리를 안내 삼아 앞서고 뒤서는 레오와 리하를 보면서 남편과 나는 오늘도 참 행복하다고 말한다.

레오와 리하가 온 후 제대로 된 외식 한번 못했지만 아무렴 어떤가. 사랑스러운 아이들이 곁에 있어 무얼 먹든 나를 행복하게 해주는데. 나보다 더 빨리 흐르는 아이들의 시간을 생각하면 조금도 허투루 쓸 수가 없다. 매 순간이 소중하고 귀하다. 내 삶의 중심엔 레오와 리하가 있다.

오늘도 숲속 마을에는 느리게 사는 네 식구가 산다.

결국,
그리움

엄마와 아빠는 내가 초등학교 5학년 때부터 치킨집을 운영했다. 건물 주인아줌마는 3층에 살았고, 작은 요크셔테리어 '벤지'를 키웠다. 주인 아줌마는 어디를 가도 벤지와 함께할 정도로 강아지를 예뻐했다.

내가 스무 살 되던 해 주인아줌마가 갑작스레 뇌졸중으로 쓰러졌고, 얼마 뒤 돌아가셨다. 그러자 그 건물이 경매로 넘어갔고 엄마가 건물을 인수해서 우리는 3층으로 이사를 갔다.

이사하고 3개월쯤 지났을까. 계단을 올라가는데 작은 요크셔테리어 한 마리가 우리 집 현관 앞에 와 있었다. 어느덧 할아버지가 된 강아지 '벤지'였다. 우리는 벤지를 보고 놀랄 수밖에 없었다. 벤지는 양쪽 눈에 백내장이 와서 이미 시력도 거의 잃은 상태였고, 이빨은 빠져서 한쪽으로 혀가 나와 있었으며, 다리도 절룩거렸다.

벤지는 자신을 아끼던 아줌마가 죽고 난 뒤 아저씨와 근처 다른 곳으로 이사를 했다. 하지만 아저씨는 일 때문에 바빠 벤지를 잘 돌보지 못했다고 한다. 일 나갈 때 낑낑거리는 벤지를 방에 놓아두고 출근했는데, 어느 날 벤지가 기회를 엿보다 집을 나온 것 같았다. 벤지는 자신을 아껴주던 주인을 찾아서 여기까지 오게 된 것이다.

눈이 보이지 않고 귀도 잘 안 들리면서, 어떻게 여길 찾아왔을까. 어떤 마음으로 왔을까. 죽을 고비를 넘기며 찾아왔는데 자신을 아끼던 아줌마가 없으니 얼마나 당황스러웠을까. 엄마는 아저씨에게 전화를 걸어 상황을 확인했다. 그리고 그날 이후 벤지는 우리 집에서 살게 되었다. 우리 집 가장 늙은 강아지 벤지는 다행히 잘 적응했다. 아 물론, 다른 강아지들과 고양이들을 보고 적잖이 당황하긴 했지만 '노견 우대' 해주는 친구들에게 곧 마음을 열었다.

"벤지야" 하고 부르면 벤지는 다른 방향으로 가서 나를 찾았다. 다시 "벤지야" 하고 부르면 귀를 쫑긋거리고 벽에 몸을 부딪치면서 어렵게 어렵게 나에게 왔다. 내 손 안의 작은 강아지 벤지는 몸을 떨며 내 손을 핥았다. 밥을 주면 반은 빠진 이빨 사이로 흘렸고, 이유 없이 허공에 대고 짖는 일도 잦았다. 가장 가슴 아픈 건 벤지가 기운이 없다가도 코를 벌름거리면서 무엇인가 찾는 행동을 반복했다는 것이다. 이리저리 쿵쿵 몸을 박으면서도 주인을 찾는 벤지의 여행은 계속되는 것 같았다. 아줌마의 체취가 어디엔가 남아 있는지, 벤지는 자주 울었고 쉴 새 없이 움직이며 무언가를 찾았다.

벤지는 우리 집에서 1년여를 살다가 어느 날 아줌마를 찾아 진짜 여행을 떠났다. 나는 벤지가 무지개다리를 건너 마중 나온 아줌마를 만났

을 거라 생각한다. 벤지의 진짜 주인, 늘 그리워하던 아줌마를 만나 우리 얘기를 했겠지.

"엄마, 엄마! 그 집에 말썽쟁이 강아지들이 얼마나 많은지 몰라! 아니 글쎄 단추라고 있는데……"

초롱초롱한 눈을 반짝이고 폴짝폴짝 뛰면서, 자신의 여행담을 밤이 새도록 이야기했을 벤지를 상상하니 기분이 한결 가볍다.

악마를
보았다

"둘 다 나갓!"

　쫓겨날 만했다. 아니, 이 정도면 아버지 인내심에 감사하며 표창장 하나 정도는 드리고 나왔어야 했다. 5월이면 따뜻한 봄이어야 하는데, 밤공기는 여전히 차다. 갈 곳 없는 쭈리와 나는 놀이터에 앉아 있다. 착잡한 내 마음을 모르는 듯 쭈리는 해맑게 이곳저곳 냄새 맡기에 바쁘다. 말썽쟁이 쭈리와 나는 오늘 집에서 쫓겨났다.

　처음 쭈리가 집에 왔을 때, 벙어리인 줄 알았다. 작고 귀여운 녀석이 끼끼거릴 뿐 짖지 않아서 신기하기도 했고, 순둥이구나 했다. 생각해보면 얌전했던 건 그 일주일이 전부였다. 이사한 새집에 부모님이 심사숙고해서 주문 제작한 박달나무 식탁이 있다. 아니, 있었다. 새로 자라난 이빨의 성능이 궁금했던 쭈리는 자신의 힘과 한계를 시험하고자 목표를 정했다. 그렇다. 박달나무 식탁과 의자를 갉갉갉갉 갉아댔다. 인정사정없는 포악한 갈갈이에 열 번 갉아 안 넘어가는 식탁 의자는 없었다. 그때 나는 보았다. 아버지 이마에 '참을 인'이 한 번 새겨지는 것을.

두 번째 '참을 인'은 첫 번째 사건보다 조금 더 컸다. 우리 집엔 내가 큰맘 먹고 거금을 들여 선물로 사드린 안마의자가 있었다. 거실에 놓인 안마의자를 볼 때마다 나의 효심에 감탄하며 스스로 멋지다고 느끼곤 했다. 그날도 그랬다. 피곤함을 이 안마의자로 달래보시라며 아버지를 의자에 앉혀드렸다. 나를 대견하게 바라보시던 아버지의 눈빛이 아직도 생생하다. 곧이어 전원 코드를 꽂자 우리 집에 때아닌 불꽃놀이가 시작되었다. '펑' 하고 터지는 소리와 함께 쭈리는 어디론가 숨어버렸고, 이때 나도 함께 숨었어야 했다. 나무의 연약함에 실망한 쭈리는 전기선을 씹어보기로 했던 것이다. 그 결과 나약한 전기선은 끊어졌고, 오늘 불꽃놀이의 원인이 되었다. 그래도 아버지는 참으셨다. 참 훌륭한 인품 아닌가.

새 아파트로 이사한 지 겨우 4개월이 지났다. 생후 5개월 차에 들어간 쭈리는 사람으로 치면 중2 정도 되었을까. 눈에 뵈는 게 없었던 것 같다. 무엇이든 파괴할 준비가 된 쭈리는 현관 옆 벽에 손바닥 두 개만한 구멍을 만들었다. 쭈리의 추진력과 꾸준함에 놀라고, 계란으로 바위를 친 파괴력에 놀라고, 아버지의 불호령에 놀랐다.

놀이터에 앉아 쭈리와 둘이 살 만한 집을 검색하고 있었다. 사람이 염치가 있지, 다시 들어가서 받아달라고 할 순 없지. 친구 집에 가서 이틀을 지냈다. 다행히 낯을 가리는 쭈리는 친구 집에선 파괴 본능을 숨겼다.

준비 없이 쫓겨난 쭈리와 나를 걱정하던 엄마는 이틀 내내 아버지를 설득하셨다. 어릴 때는 강아지도 사고를 친다고, 이제 이런 일 없을 거라고 근거 없는 약속을 대신 해주셨다. 덕분에 쭈리와 나는 집으로 돌아왔고 그때부터 유튜브에서 온갖 정보를 검색하기 시작했다. 곧 여름인데, 시원한 에어컨 바람을 맞으며 마음 편히 이 집에 살기 위해서는 이 말썽을 멈춰야 한다.

나의 간절함이 통했던 걸까. 쭈리는 한 달 만에 물어뜯는 행동들을 멈췄다. 오, 지저스! 할렐루야!

얼마 전 〈베일리 어게인〉이라는 영화를 부모님이 보자고 하셨다. 집에서 다 함께 보는데 부모님은 연신 눈물을 흘리셨고 쭈리를 불러서 꼬옥 안아주셨다. 이 얼마나 위대한 사랑인가. 새로 산 이층침대 계단도 씹어놓은 이 어마무시한 말썽쟁이를 품고 사랑해주시는 그 한없는 사랑에 고개 숙여 감사한다.

쭈리를 만나 많은 변화가 있었다. 집도 그렇고, 내 심경도 그렇고. 말썽을 피우면서도 틈틈이 나를 위로하기도 하고 응원해주는 쭈리가 있어 나의 삶은 즐겁다. 어쩔 땐 이놈이 바로 악마구나 싶다가도, 세상에 천사가 있다면 그건 너일 거야 싶은 쭈리.

여전히 우당탕탕 소란함은 계속되고 있다.

효도여행 보내드립니다. 봉주르

햇님아
미안해

마음이 아파서 쉽게 꺼낼 수 없는 이야기가 있다. 지난 3년간 마음속 어딘가에 깊이 넣어두고 열어보지 않으려 노력했던 이야기. 햇님이 이 야기다.

햇님이는 내가 스물세 살 때쯤, 이유는 알 수 없지만 이 집 저 집에서 파양된 말썽쟁이 코커스패니얼이다. 어쩌다 우리 집으로 오게 된 햇님 이는 좋아서 꼬리를 칠 때면 엉덩이가 한쪽으로 돌아가서 아빠가 '물개' 라는 별명을 붙여주었다. 희뇨가 있어서 늘 반가움 뒤엔 뒤처리가 필수 였고, 가진 성격 탓인지 어떤 이유에서인지 산책을 매우 두려워했다.

집 앞에만 나가도 바닥에 딱 붙어서 좀처럼 움직이지 않는 햇님이를 안고 공원에 가서 앉아 있다 오는 것으로 만족해야 했다. 지금 레오에 게 하는 것처럼 매일 몇 번씩 산책을 나가지는 못했다. 강아지를 여럿 키웠지만 산책이 중요하다는 인식도 덜했고 20대의 나는 나가 놀기 바빴으니 말이다.

햇님이가 사는 세상은 정말 작았다. 우리 집과 계단이 전부였다. 그마저도 얼마 후 단추가 오게 되면서 사생활 침해까지 겪었으니, 아마 스트레스를 많이 받았을 것이다. 대문 앞을 나가본 일이 많지 않고 늘 궁금은 하지만 문 앞에서 주저하던 소심한 햇님이는 집순이로 살았다.

시간이 지나 나는 결혼을 했고 간헐적 월급루팡으로 회사를 다니고 있었다. 어느 날 해외 출장을 마치고 한국에 도착해서 엄마에게 전화를 걸었는데, 가슴 철렁하는 이야기를 듣게 되었다.

"별아, 햇님이가 집을 나갔어. 며칠째 안 들어와. 아무리 찾아도 없어."

당시엔 아빠가 인테리어 일을 하시던 때이고 마침 그날은 우리 집 공사를 하고 계셨는데, 지재 나르느라 '쾅' 소리가 크게 났다고 한다. 그때 햇님이가 놀라서 뛰쳐나간 것 같은데, 며칠 밤낮을 헤매도 찾을 수가 없다고 했다. 나는 서둘러 관할 유기견 보호소를 찾아보고 지역 카페도 들어가보았지만 햇님이의 흔적은 없었다. 강아지를 찾는다는 글을 올리고 사례금도 써봤지만 연락 한 통 없었다.

엄마 아빠는 며칠을 잠들지 못하고 문밖에서 소리만 나면 새벽에도 문을 열고 나가보셨다. 하지만 햇님이는 나타나지 않았다. 아침저녁으로 온 동네를 돌아다니며 햇님아 햇님아 이름을 불렀지만, 돌아오는 대답은 없었다. 그렇게 우리는 처음으로 강아지를 잃어버렸다.

강아지는 당황하면 무조건 뛴다는 이야기를 들은 적이 있다. 겁이 많아서 밖에 나가면 제대로 걷지도 못하던 햇님이가 꼬리를 잔뜩 말고 서는 당황해서 이리저리 뛰다 집으로 오는 길을 잃었을 것 같다. 그 생각을 하면…… 지금도 마음이 아파 견딜 수가 없다.

한동안 쉽게 잠들 수 없었다. 침대에 누워 있어도 편하지가 않았다. 비가 오면, 이 비를 우리 햇님이가 어디서 벌벌 떨면서 맞고 있지 않을까 걱정이 됐고, 눈이 오면 더 미칠 것 같았다.

그 후로도 몇 달간 아빠는 매일 나가서 햇님이를 찾았다. 조금 더 멀리까지 나가보고 사람들에게 물어보고, 그러다 나중에는 인근 도로까지 찾아보았다. 너무 당황해서 뛰던 찰나 달려오는 자동차에 사고라도 났을까 싶어 찾아보았지만, 어디에도 햇님이의 흔적은 없었다.

며칠 전, 공원에 갔다가 강아지를 찾는다는 전단지를 보았다. 그 전단지에는 강아지 사진과 연락처 등을 써놓았는데 가장 밑에 이런 글귀가 써 있다.

"찾으면, 전단지 제가 수거하겠습니다. 떼어내지 말아주세요."

두 달여가 지났지만 여전히 붙어 있는 그 전단지를 보며 마음이 저 밑으로 떨어져 바닥에 달라붙는 듯한 기분을 느낀다. 희망도 절망도 아닌 마음으로 피가 말라가며 시간을 견뎌내고 있을 견주의 절절한 마음을 나는 안다.

엄마는 여전히 햇님이 생각을 하면 가슴이 먹먹해진다고 한다. 그날

호텔에 맡겼어야 했는데, 그걸 안 해서 이렇게 되었다고 항상 얘기한다. 나는 요즘도 레오가 희뇨를 보일 때면 햇님이가 생각나고, 예전 우리 집 앞을 지날 때도 문득문득 엉덩이가 돌아간 채 꼬리 치던 햇님이가 생각난다.

'어딘가에 살아 있을 거야. 마음씨 좋은 누군가를 만나 아주 행복한 노년을 보냈을 거야.'라고 나를 위해 상상해보지만 그냥 이유 없이 서글퍼진다. 마음먹고 기억에서 불러냈지만, 여전히 먹먹하고 가슴 아픈 이야기다.

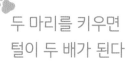

두 마리를 키우면
털이 두 배가 된다

'아, 이제 봄인가 보네.'

창문을 열었더니 끼리끼리 모인 개털들이 반갑다고 한데 모여 봄바람을 타고 있다. 그렇다. 털갈이 시기가 왔다. 낮 산책을 마치고 집으로 돌아온 바니와 이브는 뒹구는 털에도 아랑곳하지 않고 각자 자리를 잡고 눕는다. 게슴츠레 눈을 뜨고 있던 녀석들의 눈꺼풀이 스르르 닫히며 깊은 잠으로 빠져든다.

'이제, 청소 좀 해볼까? 음…… 좀 더 털들이 뭉쳐지면 그때 할까?'

순간 웃음이 풉 하고 터져 나왔다. 털들이 뭉쳐지면 그때 청소를 한다니, 2년 전 나를 생각하면 말도 안 되는 소리다. 나에게는 아프지 않은 병이 하나 있는데, 그건 바로 청소병이다. 스스로는 심하다고 생각하지 않는데 이를테면 냉장고 음료수 각 잡기, 욕실 청소 기본 2시간, 소파도 다 뒤집어서 바닥까지 먼지를 제거하는 정도다. 아, 그리고 바닥에 머리카락 떨어져 있는 것을 보지 못해 늘 돌돌이를 손에 들고 있는 사람이었다. 그런 내가 굴러다니는 개털들을 보고 좀 더 있다가 청소를 하겠다니, 정말 신기한 일 아닌가. 그렇다. 나는 보더콜리 두 마리를 키우며 청소병으로부터 깨끗하게 완치되었다.

2017년 늦가을이었다. 강아지를 키우고 싶어 하던 남편과 나는 꽤 오래전부터 강아지를 눈으로만 보고 다녔다. 그러던 어느 날, 남편 회사 동료가 키우는 강아지가 새끼를 낳아 한 마리를 분양받았는데 그게 바로 '바니'다.

바니는 문을 열면 새로운 세상이 펼쳐진다는 기대감 때문인지 점프와 앞발을 이용해서 문손잡이를 벌컥벌컥 열어버리는 아이였다. 집 안의 문이란 문은 다 열어댔고, 내 마음속 두려움으로 닫혔던 문도 열었다. 우리 집 지하 주차장엔 남편이 장만해준 차가 2년째 그 자리에 주차되어 있었다. 접촉 사고를 낸 이후로 운전대에서 손을 놨는데, 하도 차를 운행하지 않아 방전만 7번 정도 된 것 같다. 그런 나에게 바니는 운전 의지를 되살려주었다. 다시는 운전할 일이 없을 줄 알았는데, 내 스스로 바니를 위해 시동을 켰다. 바니에게 넓은 산책로를 걷게 해주고 다양한 친구들을 만나게 해주고 싶어서 나는 다시 운전을 시작했다.

바니는 친구들을 아주 좋아하는 강아지였다. 하지만 매일 친구들을

우리에게 내비게이션은 필요 없지

만날 수도 없고 비가 오거나 친구들이 바쁜 날은 혼자 산책을 해야 했다. 어떤 날은 바니만 친구를 좋아하고, 그 친구는 바니에게 별 반응을 보이지 않을 때도 있다. 그럴 때면 바니는 주변을 맴돌며 바닥에 엎드려 20분을 기다리기도 한다. 자연스럽게 내 마음에, 바니를 위해 동생을 만들어줘야겠다는 생각이 들었다.

2018년 12월, 우리는 바니를 데리고 바니의 엄마 아빠가 있는 장흥으로 향했다. 거기엔 뜻밖에도 바니 동생이 태어나 있었다. 일곱 마리 동생들 중에 이마에 하트를 품은 블랙앤화이트 털색의 강아지가 남편 다리를 붙들고 떨어질 생각을 안 했다. 그 강아지가 바로 크리스마스이브에 우리 집에 온 둘째 '이브'다.

바니가 먼저 잠에서 깨서 기지개를 쭈욱 켜더니 공을 물고 슬금슬금 자고 있는 이브에게로 간다. 그리곤 이브 머리 위에 공을 떨어뜨리며 놀자고 깨운다. 갑자기 잠에서 깬 이브는 급속 충전이 다 되었는지 함께 공을 물고 머리를 흔들어댄다. 이브가 어리다는 걸 바니도 아는지 살살 대하더니, 요즘은 이브의 힘이 꽤나 세져 바니가 온 힘을 다한다. 공 하나로 신나게 노는 바니와 이브를 보면서 나는 오늘도 웃는다.

아 물론, 이브가 이번에 새로 산 공기청정기 코드를 깨물깨물해서 수리 비용으로 48,000원이 나갔지만, 거실 창 아래 벽을 파서 조만간 밖이 보일 것 같고, 벽지도 찢어서 켄넬로 막아놨지만 나는 행복하다. 이미 바니를 통해 높은 곳으로 올라가는 염소 같은 본능과 모서리 사냥꾼의 기질을 경험한 터라, 이브의 기물 파괴에도 얼마든지 웃을 수 있다. 하-하-하-하-하-하! 다시 말하지만 나는 행복하다.

보더콜리 두 마리를 키운다는 것은 빠지는 털도 두 배, 웃을 일도 두 배가 되는 일이다. 이 글을 보며 '앗, 나도 두 마리 키워야지!'라고 생각하는 분이 있다면 내 경험상으론 추천하지만, 뒷감당은 책임질 수 없다. 강아지들의 성향과 둘 사이 교감에 따라 좌우되는 일인데 우리 집 첫째 둘째는 너무나도 쿵짝이 잘 맞았으므로.

자, 이제 일어나 가볍게 청소를 해야겠다.

어서 와,
보더콜리는
처음이지?

레오의 자그마한 손이 오늘도 내 머리에 와 닿는다. 그리곤 손톱으로 연약한 내 두피를 벅벅 긁기 시작한다. 짜릿한 고통에 눈이 번쩍 뜨여 자리에서 부스스 일어난다. 레오 밥을 챙겨주고 시계를 보니, 하······ 새벽 6시.

레오가 우리 집에 온 지 3주 동안 우리의 하루는 조금의 뒤척임도 없이 강제 기상으로 시작되었다. 잠도 잘 잤겠다, 밥도 든든히 먹었겠다, 볼록해진 배가 꽤나 만족스러운지 레오는 장난감을 물고 내 발아래에 갖다준다. 그래요, 던지라면 던져야겠지요. 백 번을 던져도 백 번 눈을 반짝이며 장난감을 물고 오는 통에, 더욱더 흥미진진하게 던져줄 수밖에 없지요.

아직 새끼 강아지인 레오는 그렇게 가열차게 놀다가도 갑자기 기절

하듯 잠이 드는데, 보고 있노라면 웃음이 피식피식 난다. 어쩜 이렇게 작고 예쁠까. 레오는 눈을 떠도 예쁘고 감아도 예쁘다.

당시 레오는 실외 배변을 하지 못했다. 백수인 나는 시간 부자라 하루에 4번, 5번씩 짧게 산책을 시켜주며 언젠가 있을 실외 배변을 기다렸다. 산책을 나가면 레오는 길가에 핀 꽃 냄새도 맡고, 풀밭에 핀 민들레꽃을 먹기도 했다. 못 먹게 해도 나가기만 하면 호시탐탐 민들레꽃을 찾아 온 힘을 쓰는 레오를 보며 나와 정반대 성향을 가진 대범이 남편이 해결책을 제시했다.

"한번 끝까지 먹게 하자. 나중에 아마 질려서 안 먹을걸?"

탈이 날까 걱정이 되던 나는 차마 볼 수가 없어 민들레꽃을 신나게 먹는 레오를 뒤로하고 혼자 마트에 갔다. 집으로 오는 길에 보니 아니 세상에, 초록빛 잔디에 노란 민들레꽃이 적어도 40송이 이상은 있었던 것 같은데 남은 건 초록뿐이었다. 레오가 다 먹은 거다. 빠짐없이 모조리 다. 그 이후로 지금까지 신기하게도 레오는 민들레꽃을 먹지 않는다. 느낌상 쳐다도 안 보는 것 같다.

이제 4개월을 향해 가는 레오의 활발함이 극에 달하는 시간대가 있다. 오후 9시~11시 사이인데 이때 얼마나 활발하냐 하면, 우리는 이때 레오가 미쳤다고 생각했다. 거실을 우다다다다다다 뛰고 소파 위를 붕붕 날아다니는데, 뭐가 좋은지 귀는 바짝 뒤로 넘어가 있다. 힘의 한계를 시험하듯 전력 질주하는 레오를 보며, 우리는 고개를 절레절레 흔들었다. 아무래도 자신이 하루에 쏟아내야 하는 운동량이 있는데 충분히 해소하지 못해서 혼자 뛰는 것 같았다. 어쩌겠니, 그럼 또 나가야지.

여러 견종을 키워봤지만 이렇게 부잡스럽고 활발하고 운동신경 좋은 강아지는 처음이었다. 점프력이 얼마나 좋은지, 꼬꼬마 레오가 소파 머리 부분을 밟고 책상으로 뛰는 바람에 가슴이 철렁한 적도 많았다. '간격을 더 벌리면 뛰지 않겠지'라는 생각으로 책상을 조금씩 밀었더니 어느덧 우리 책상은 벽에 바짝 붙어 있었다.

그때 우리는 매일매일 당황하고, 작은 일에도 놀라고, 인터넷 검색을 열심히 하며 레오의 행동 원인을 찾으려 노력했다. 착한 레오는 우리 마음을 아는지 어제의 말썽은 오늘 부리지 않았고 늘 새로운 말썽을 부려주었다.

생각해보면 레오는 착하게 잘 커주었다. 이유 없이 침대 매트리스에 쉬를 해서 침대를 새로 샀지만, 이불 지퍼를 다 뜯어서 이불들이 거지 같이 너덜거리지만, 식탁 의자를 갉갉갉 갉아댄 통에 언제 주저앉을지 모르겠지만, 아 그리고 멀쩡한 책상 상판에 구멍을 내서 갖다 버렸지만 말이다.

아! 보더콜리랑 살아서 행복하다!

나의 파트너
조던

"띠링–" 가게를 청소하고 뒷정리하는데 휴대폰이 울렸다. 순간 내 심장은 바운스 바운스! 두근거리기 시작했다.

"이제 데려가셔도 좋습니다."

메시지를 확인하자마자 서둘러 자동차에 시동을 걸었다. 지난 한 달간 이 순간을 얼마나 기다렸던가. 몇 달 전, 보더콜리 청이가 임신을 했다는 소식을 들었을 때부터 줄곧 데려올 날만을 기다리고 있었다. 청이는 새끼 여섯 마리를 순산했는데, 그중 한 마리가 특이한 털색을 가지고 태어났단다. 한 달이 지나 새끼들을 만나러 갔는데, 꼬물거리는 녀석들 사이에 얼굴의 반은 블랙앤화이트, 반은 블루멀 털색인 아이가 내 눈에 쏙 들어왔다.* 나의 조던이다.

오늘 드디어 바로 그 녀석, '조던이'를 데리고 왔다. 엄마로부터 떨어진 조던이가 불안해하지 않을까, 이 작은 녀석이 자다가 나한테 깔리면 어쩌지, 걱정에 걱정을 했지만 조던이는 당찬 아이였다. 이제 제집인 것을 아는지 꼬리를 살랑살랑 치며 원반을 물고 돌아다니기 바빴다.

'탁, 탁, 탁, 탁.' 모두가 잠들어 있던 새벽, 적막을 깨는 소리가 들렸다. 잠귀 밝은 아버지가 뭔가를 발견하고 가족들을 모두 깨웠다. 오 마이 갓! 시골인 우리 집, 벌레를 잡으려고 거실에 놓았던 끈끈이에 조던이 발이 달라붙어 버린 것이다. 안절부절못하는 가족들과는 달리 끈끈이 따위는 내 앞길을 막을 수 없다는 듯 해맑은 얼굴로 당차게 걷는 조던이를 보며 우리는 모두 웃어버렸다. 발에 붙은 끈끈이를 떼어내기 위해 폭풍 검색을 했고, 급한 대로 식용유를 문질러주었더니 다행히 잘 떨어졌다. 그날 우리 가족은 끈끈이 대소동에 놀란 가슴을 쓸어내리며, 이른 출근 준비를 했다. 새벽 5시였다.

나는 운동장이 있는 애견 카페를 운영하고 있다. 조던이는 나의 동료로 매일 함께 출퇴근한다. 그날도 분주하게 오픈을 준비하고 있었다. 새 친구들을 맞이할 준비로 바쁜 시간, 갑자기 운동장이 이상하게 넓어 보이고 한가해 보이는데 순간 등골이 싸해지는 기분이 들었다. 그렇다. 운동장에서 놀던 조던이가 사라졌다!

철렁하는 마음으로 서둘러 조던이 이름을 부르며 찾는데, 옆 논두렁

★ 보더콜리는 털색에 따라 구분되는데, 블랙앤화이트, 블랙트라이, 블루멀, 레드멀, 레드앤화이트, 레몬, 라일락멀, 슬레이트멀 등 종류가 다양하다.

에서 해맑은 얼굴로 뛰어노는 조던! 끈끈이가 발에 붙었을 때 보았던 그 해맑음이었다. 운동장에서 놀던 조던이가 어떻게 옆 논두렁으로 갈 수 있었는지는 CCTV를 통해 확인할 수 있었다. 우리 카페는 컨테이너를 개조하고 붙여 만들었는데, 컨테이너 바닥에 있는 흙을 파고 또 파서 틈을 만든 다음 빠져나간 것이다. 나는 다시 한번 조던이가 보더콜리임을 깨달으며, 운동장 전체를 보수해야 했다.

카페 영업이 끝나면 운동장에서 조던이와 함께 원반 연습을 하곤 한다. 함께 즐기는 취미 정도로 연습하다 어느 캠핑장에서 주최한 대회에 나가게 되었다. 그날을 떠올리면 피식피식 웃음이 난다. 처음으로 많은 사람들 앞에서 솜씨를 보여주려니 조던이 스스로도 꽤나 긴장했던 모양이다. 날아오는 원반에 총알 같은 속도로 뛰어가서 원반을 입으로 탁 문 뒤, 자신을 바라보는 사람들을 향해 해맑은 미소를 띠며 여유롭게 산책을 하기 시작했다. 그러더니 글쎄 경기장에 오줌을 싸는 거다. 예상치 못한 전개에 사람들은 "와아-" 하고 웃었고, 조던이도 웃고 나 또한 웃어버렸다.

오늘도 여전히 내 곁에 조던이가 함께한다. 때로는 동료로, 친구로, 가족으로, 조던이와 함께하는 모든 일상이 얼마나 즐거운지 모른다. 요즘은 전문적으로 원반 훈련을 함께 받으며 다가오는 가을 대회를 준비하고 있다. 조던이가 잘해낼 거라 기대한다.

지난봄 엉뚱하고 귀여웠던 모습은 잊어주시길. 말썽쟁이 조던아, 가자!

라이징 스타 조던입니다

쫄보와 쫄쫄보의
산책

매일 밤늦은 시간까지 부스럭대며 그림을 그리거나 글을 쓰는 나는 오전 9시가 되어서야 눈을 뜬다. 눈을 뜨면 가장 먼저 마주하게 되는 건, 내 움직임에 귀를 쫑긋 세우고 눈을 반짝거리는 레오다.

"안녕, 레오?"

나의 인사에 밤새 안녕했냐고, 내가 얼마나 기다렸는지 모른다고, 반가움을 온몸으로 표현하며 나에게 사랑을 가득 주는 레오. 한참을 쓰다듬고 거실 창문을 연다. 창문 너머로 불어오는 바람에 코를 씰룩대는 레오를 두고 서둘러 씻는다. 선크림을 얼굴에 착착 바르고, 배변봉투와 물을 챙기고, 레오가 가장 좋아하는 최애템 생선 인형도 가방에 넣고. 그리곤 아침 산책을 나간다.

엘리베이터 버튼을 눌러놓고 나의 기도는 시작된다. 1층까지 한 번에 내려가기를, 강아지 탔다고 불편해하는 사람과 마주치지 않기를 바라며 마음을 졸인다. 아파트에 살면서 몇 번이나 사람들과의 불편함을 겪은 터라 더욱 조심하고 신경을 쓴다. 1층이 가까워지면 레오를 안고 내린 다음, 공동 현관까지 간 후에야 레오를 내려놓는다. 자유를 얻은 레오는 가볍게 이리저리 뛰다가도 세상 예쁜 표정을 하고 나에게로

달려온다. 이렇게 예쁘게 웃는 레오를 보면, 토끼처럼 뒷다리를 동시에 사용하며 폴짝폴짝 뛰는 레오를 보면, 어찌 사랑하지 않을 수 있을까 싶다.

아파트 단지를 산책할 때는 공원 산책보다 더욱더 신경 써야 한다. 평소 냄새를 맡을 때와는 다르게 빠른 비트로 킁킁대며 수색하는 느낌이 들 때는 근처에 위험 요소가 있다는 표시다. 레오가 열심을 다해 코로 찾는 그것은 먹다 버린 치킨 뼈, 족발, 갈비, 고구마 등 음식 쓰레기들이다. 누군가 소풍 기분을 내고 싶어서 잔디에서 먹었는지 더 큰 열매를 바라며 땅에 심었는지 알 수 없지만, 레오가 곰팡이 핀 음식물을 물고 나올 때면 나는 세상 단호하게 외친다.

"놔!"

레오 입에서 음식 쓰레기를 빼는 동시에 한숨을 쏟아내며 땅을 사고 싶다는 생각을 한다. 사람들 눈치 보지 않고 음식 쓰레기도 없는 깨끗한 곳에서 레오와 마음 편히 산책하고 싶다.

단지를 나와 사거리를 지나면 산책하기 좋은 공원이 있는데, 레오는 막상 공원에 도착하면 좋아하지만 그 과정을 두려워한다. 자동차가 무서운지 유난히 이 사거리를 지날 때면 '나는 걷지 않겠노라, 나를 안아야만 할 것이니라.' 하며 그 자리에 앉아 꼼짝하지 않는다. 전에는 횡단보도도 걷게 해서 갔는데, 초록 신호에도 우회전하는 차량들과 마주한 이후로는 안고 이동을 한다. 그래서인지 레오는 횡단보도 근처만 가면 귀를 내리고 쫄아버린다. 자동차에 대한 두려움을 잊게 해주려고 사거리에 나가 간식도 주고 앉아서 시간을 보내다 오기도 하는데, 여전히 레오는 내 다리를 두 손으로 붙들며 제발 안아달라고 매달린다.

레오의 이런 소극적이고 두려워하는 모습을 보면 나 때문인 것 같은 생각이 든다. 내가 좀 더 대범한 사람이었다면 레오도 대범하지 않았을까, 나는 왜 이렇게 늘 조심할까, 우리 둘은 왜 이렇게나 닮았을까 하는 생각으로 이어진다. 사람들의 싫은 소리에 공벌레처럼 쫄아서 엘리베이터 사용 빈도를 체크하고 가장 한가한 시간대에만 산책하는 내 성격이 어쩔 수 없으면서도, 종종 남편처럼 대차게 살고 싶다는 생각을 한다.

레오와 함께 산책을 하다 보면 간혹 자신들이 키우는 개보다 조금 더 크다는 이유로, 혹은 그냥 개라는 존재가 싫다는 이유로 모르는 사람들로부터 훈계와 핀잔을 들을 때가 있다. 그럴 때면 나 쫄보와 쫄쫄보 레오는 아주 쪼그라들어 버리는데, 계속 이렇게 살 순 없다.

"레오야, 우리 이제 쫄지 말자. 봐! 우리 인생 대차게 살자!"

윤지와 레오

"레오야, 문 좀 열어줘. 엄마 너무 추워. 응? 문 좀 열어 봐봐."

퇴근하고 현관 비밀번호를 누르는데, 평소와 달리 문이 열리지 않는다. 오 마이 갓! 우리 집 똑똑이 레오가 도어락에 달려 있는 아주 작은 '문 열림 방지 버튼'을 눌러버렸나 보다. 현관문 너머에서 낑낑대는 레오에게 다시 한번 부탁을 해본다. 문 좀 열어달라고. 순간 레오가 발로 현관을 마구 긁는 소리가 나더니 거짓말처럼 문이 열렸다. 세상에나! 그렇지, 너는 문도 잘 열고 잘 잠그는 똑똑이 보더콜리였지.

한참 장난꾸러기인 다섯 살 윤지를 재우고 누워서 휴대폰을 보다 문득 레오의 어린 시절이 생각났다. 윤지와 레오 사진들로 가득한 앨범을 보다 2015년에 손길이 멈췄다. 휴대폰 속엔 귀여운 아기 윤지와 배내

털이 뽀송한 아기 강아지 레오가 있었다.

나의 인기척에 레오가 내 곁으로 와서 눕는다. 나를 스윽 쳐다보곤 다시 잠을 청하는 레오. '너도 이제 나이가 들었구나.' 하는 생각이 들더니 이내 곧 서글퍼진다.

6년 전, 레오가 우리 가족이 되고 2개월이 지난 어느 날 우리 부부에게 생각하지 못한 선물 같은 아이 윤지가 생겼다. 윤지가 태어난 뒤 우리 부부의 사랑을 독차지했던 레오는 우선순위에서 밀려나 늘 기다려야 했다.

몸 한번 털면 털 날린다고 알아듣지도 못하는 말들로 야단을 치고, 추운 겨울이나 비가 내리는 날이면 아기 데리고 같이 산책시키는 게 너무 힘들다고 한숨을 쉬고, 윤지가 잠들었을 땐 크게 짖는다고 윤지가 깰까 봐 투덜대는 날 보며 레오는 어떤 생각을 했을까.

윤지가 걷고 뛰게 되면서 주말은 자연히 윤지 중심으로 시간을 보내게 되었다. 키즈카페, 도서관, 쇼핑몰, 공연장 등 반려견이 함께 갈 수 없는 곳이라는 이유로 분주히 준비하고 뒤돌아 나가는 우리를 보며, 대신 덩그러니 놓인 간식 하나를 보며 무슨 생각을 했을까. 주말에도 홀로 텅 빈 집 안에서 열리지 않는 문만 바라보며, 쉬이 지나가지 않는 시간을 무료하게 견뎌냈겠지.

하루 세 번 어김없이 레오를 산책시키는 것만으로 내가 할 수 있는 최선의 노력을 다하고 있다고 나 스스로 위안 삼아 보지만, 오늘도 SNS 속 행복한 표정으로 자유롭게 뛰노는 수많은 보더콜리들을 보며 죄책

그날 별은 유난히 반짝였다네

감을 느낀다. 하루 종일 산책만 기다리는 레오에게 행복이 있을까? 어쩌면 다른 즐거움을 기대할 수 없어서 오직 산책 시간과 공놀이만을 기다리는 게 아닐지. 이런 내가 레오를 데리고 온 것이 나만의 욕심이고 이기심은 아니었는지. 우리가 좀 더 일찍 만났다면 혹은 조금 더 늦게 만났다면, 그래도 레오에게 조금은 덜 미안하지 않았을까 하고 하루에도 몇 번씩 과거로 되돌아가는 불가능한 상상을 해본다.

언젠가부터 레오가 나이 들어가는 게 느껴지곤 한다. 공놀이라면 2시간도 거뜬하던 레오가 30분 만에 헥헥거리며 자리에 앉을 때면 내 마음은 철렁한다. 퇴근하고 돌아오면 늘 새로운 말썽을 부려놓던 레오가 언젠가부터 세상 얌전히 우리를 기다리고 있는 걸 보면, 이제야 철이 들었나 하며 칭찬을 하다가도 금세 레오의 세월이 느껴져 마음 한쪽이 아려온다.

아직은 '산책'이라는 아주 작은 속삭임에도 신이 나서 달려오는 레오지만, 어느 날 '산책'이라는 말이 잘 들리지 않게 된다면, 좋아하는 공놀이도 할 수 없는 날이 온다면, 나는 어떻게 해야 할까. 상상할 수도 없는 슬픔과 두려움이지만 그날이 찾아온다고 해도 레오를 위해 언제나처럼 함께 산책을 나갈 것이다.

"레오야, 힘겨워 걸을 수 없다면 윤지가 타던 유모차를 타고 함께 나가자. 윤지의 어린 시절 레오가 함께했던 것처럼, 윤지가 레오의 유모차를 매일 밀어주기로 약속했거든."

윤지는 내일을 향해, 나와 레오는 어제를 향해 시간이 흘렀으면 좋 겠다.

잘 자라, 사랑하는 내 강아지들!

혜성같이 나타난
혜성이

우리 동네엔 이상한 아저씨가 산다는 소문이 있다. 아스팔트가 녹아버릴 것 같은 뜨거운 날씨에도 해진 가죽점퍼를 입고 한쪽 어깨엔 고양이를 메고 다니는 미스터리한 아저씨. 그 아저씨는 하루에 두 번 고양이를 데리고 나와 늘 같은 나무 아래서 고양이 배를 열심히 문지르곤 했다.

우리 집에서 고양이를 처음 키운 건 내가 고등학교 1학년 때, 꽃비가 내리던 어느 봄날이었다. 엄마는 당시 보육원에 봉사를 다니셨는데, 어느 날 보육원에서 일하는 아주머니가 무언가를 검은 봉지에 담고는 중얼거리는 것을 보았다.

"이런 거는 어차피 놔둬도 못 살아. 그냥 내가 밟아서 죽여줘야 애도 편한 거야."

검정 봉지 안에서는 무언가가 꿈틀꿈틀 움직이며 울고 있었다. 엄마가 달려가 봉지를 열어보니, 노랑 줄무늬 털에 까만 눈이 반짝거리는 세상 예쁜 아기 고양이가 있었다.

자세한 사연은 알 수 없지만, 동네 아이들이 아기 고양이를 던졌고 가엾게도 고양이는 하반신마비로 걸을 수 없는 상태가 되었다고 한다. 앞다리로 몸을 끌고 다니는 이 고양이를 발견한 무정한 아주머니는 함부로 그 생명을 끊으려 하고 있었다. 엄마는 내가 책임지겠노라고, 생명을 함부로 다뤄서는 안 되는 거라고 하며 아기 고양이를 집으로 데려왔다.

혜성이는 그렇게 우리 집 공식 1호 고양이가 되었다. 뒷다리를 아예 쓸 수 없는 혜성이를 위해 엄마는 우리가 안 입는 옷으로 혜성이 옷을 만들어주고, 기저귀를 채워주었다.

하반신마비이다 보니 스스로 배변을 할 수 없는 상태였기 때문에 하루에 두 번, 아빠가 직접 배변을 시켜야 했다. 그래서 더운 여름에도 아빠는 해지고 낡은 가죽점퍼를 입었다. 한쪽 어깨에는 혜성이를 메고 손으로 혜성이의 배를 마사지해주면, 기특하게도 혜성이는 배변을 하곤 했다. 배변이 얼마나 괴로운지는 알 수 없었으나, 배변할 때면 늘 발톱을 세워서 아빠는 사람들의 시선에도 흔들림 없이 늘 가죽점퍼를 입어야 했다.

혜성이는 정말 똑똑하고 정말 정말 예쁜 고양이였다. 지금까지 키운 고양이가 네 마리 정도 되는데, 그중 가장 예쁜 고양이는 단연 혜성이었다. 작은 방에 있다가도 "혜성아" 하고 부르면 정말 빠른 속도로 기어 온다. 아니, 앞발로 몸을 끌고 오는 속도가 기어 온다기보다 '날아온다'에 가깝다. 눈은 또 얼마나 또렷하고 예쁘게 반짝거리는지, 그릉대는 소리도, 꾹꾹이하는 솜방망이 손도 참 예쁜 고양이었다.

이런 혜성이 사연이 TV에 소개된 적이 있다. 말 못 하는 동물이라고 장난처럼 가해진 잔인한 행동들을 구월동 정의의 사도, 엄마는 꼬집고 싶으셨다. 혜성이 소식을 들은 많은 이들은 함께 안타까워했고, 건강히 오래 살기를 응원해주었다. 많은 사랑을 받아 몇 회나 특집으로 조명되기도 했다.

어느 날 혜성처럼 우리 가족이 된 혜성이는 가는 길도 혜성처럼 가버렸다. 하반신마비로 여느 고양이들보다 신장이 좋지 않았는데, 아프다는 표시도 없이 신장 이상으로 별이 되어버렸다. 엄마 아빠는 가끔 혜성이 얘기를 꺼낸다. 키우면서도 행복했다고, 그렇게 예쁜 고양이는 없었다고, 참 보고 싶다며 웃는다.

얼마 전 시골로 가신 부모님 집 마당에 길고양이가 새끼를 낳았다고 한다. 어미 고양이가 아픈지 새끼들을 잘 돌보지 못해서 엄마 아빠가 대신 우유를 먹이는데, 몇이나 죽어서 속상하다고 한다. 여전히 나의 부모님은 동물을 사랑하며 함께 살고 있다.

세상엔 다양한 생각을 가진 사람들이 어우러져 살아간다. 그 수많은 사람 중에 생명을 이토록 소중히 여기고 함께 살아갈 줄 아는 부모님을 만난 것이, 내가 받은 가장 큰 축복이 아닌가 싶다.

#3

나의 힘
나의 위로

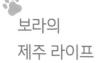

보라의
제주 라이프

오늘도 김녕해수욕장의 물은 파랗고, 지루할 정도로 깨끗하기만 하다. 내가 나고 자란 이곳 제주도는 분명 아름답지만 20대의 나에겐 꽤 지루하고 답답한 곳이 되어버렸다.

'더 늦기 전에 회사를 그만두고 서울로 갈까, 그게 나으려나.'

남은 맥주를 확인하고 한 번에 들이켰다. 오늘따라 맥주도 맛이 없다. 맥주도, 내 삶도, 밍숭맹숭하다. 문득 아까 낮에 보았던 보더콜리가 생각났다. 삼촌이 유기견을 입양했다고 회사로 잠시 데려왔는데, 내 책상 밑에 잔뜩 움츠린 채로 불안한 듯 까만 눈만 이리저리 굴리던 강아지. 무슨 사연이 있어서 이 지루한 제주도까지 비행기를 타고 왔는지 너도 참 불쌍하다, 싶었다. 친구들이 강아지 사진을 보여줘도 큰 흥미를 못 느끼던 나인데 왠지 잔뜩 겁먹은 그 녀석이 자꾸 생각난다.

삼촌은 그 보더콜리에게 '보라'라는 이름을 지어주었다. 나는 어떤 끌림에선지 매일 보라를 만나러 갔다. 강아지를 모르는 내가 보라와 산책을 하기 위해 폭풍 검색을 하기 시작했다. '가슴줄 채우는 방법', '보더콜리가 리드줄을 당길 때 어떻게 해야 하나요?' 등 인터넷으로 공부하기 시작했다.

그렇게 강아지를 모르는 나와 낯가림하는 보라와의 어색한 산책이 시작되었다. 처음엔 동네 산책으로 시작해서 10분, 20분, 시간과 거리를 늘려나갔다. 어느덧 매일 퇴근하고 보라를 만나러 가는 내 마음에 낯선 설렘이 생겼다. 저 멀리서 보라가 나를 발견하고는 귀를 내리고 꼬리를 친다.

퇴근 후 지친 몸으로 터덜터덜 집으로 가서 텔레비전을 보며 맥주 한 캔 마시면 끝이었던 단출했던 내 하루가 보라로 인해 풍성해졌다. 나와 함께 뛰어놀며 눈을 맞추고, 이전의 불안을 다 잊은 듯이 해맑게 웃는 보라를 보면서 웃는 나를 발견하게 되었다. 다시 마음을 열고, 되려 나의 하루를 위로하는 보라에게 선물을 하고 싶었다. 보라에게 가장 행복한 일이란 무엇일까? 고민 끝에 나만의 프로젝트를 시작했다. 바로 '보라의 제주도 라이프!' 푸르고 넓은 곳을 마음껏 뛰게 해주자!

내가 사는 제주도는 그 프로젝트에 최적이었다. 지천이 넓고 푸르다. 360개가 넘는 오름이 있고 어느 방향으로 가나 바다를 만날 수 있다. 제주도는 그때부터 내게, 우리에게 천국이 되었다.

우리가 처음으로 함께 갔던 오름인 백약이오름에서 보라는 너무나도 행복해했다. 처음 산을 만난 보라는 여기저기에서 나는 흙냄새, 나무 냄새를 맡으며 온몸으로 자연을 느꼈다. 오름에서 내려와 함덕해수욕장으로 가서는 온몸에 모래를 묻히고 구르며 나를 향해 뛰어오던 보라의 모습이 지금도 눈에 선하다. '그래! 바로 이거야!'라며, 정말 행복하다는 듯이 보라가 활짝 웃었다.

늘 지루하게만 보였던 제주의 바다 색은 에메랄드빛이었다. 이른 봄이면 유채꽃 향이 짙게 풍기고, 여름이면 길가에 수국이 흐드러지게 피었다. 가을과 겨울, 계절이 바뀔 때마다 제주는 새 옷을 입었다. 익숙함에 보이지 않던 제주도가 보라로 인해 다시 보이기 시작했다.

제주의 숨겨진 보석 같은 곳들을 찾아 주말이면 어김없이 차에 시동을 걸고 돗자리를 챙겨 보라와 산으로 바다로 향한다. 보라가 특히 좋아하는 잔디나 푹신한 모래가 있는 바다를 만나면 짜릿하기까지 하다. 보라를 만나기 전까지는 몰랐었다. 제주도가 얼마나 아름다운 곳인지. 관광객들보다 더 몰랐던 제주도를, 나는 오늘도 보라와 함께 알아가고 있다.

보라야, 제주를 떠나려 고민하던 내게 와주어서, 나를 위로해줘서 고마워. 360여 개의 오름과 바다에 발도장 다 찍을 때까지 건강해야 해. 그리고 내일 우리 목적지는 서귀포 사계해안이다!

I can show you the world

내 맘을
들었다 놨다 해

"자, 다리를 쭉 올려보세요."

치료사의 말에 따라 다리를 올리면서도, 나의 온 신경은 집에 홀로 있는 레오에게 가 있었다. 틈틈이 휴대폰으로 집에 달아놓은 CCTV를 확인하는데, 내가 나간 이후로 레오의 움직임이 감지되지 않는다. 계속 잠을 자나 싶다가도 오전에 레오가 속을 게워낸 일이 생각나면서 불안해지기 시작했다. 푸릇푸릇하게 새로 돋아난 풀들에 관심을 보이더니 결국은 입을 대고야 말았는데 그래서 속이 아픈가, 아픈 애를 놔두고 무심하게 나와버렸나, 하는 이런저런 생각이 들며 초조해졌다.

남편에게 문자를 보냈다.

"여보, 레오가 계속 잠만 자는지 움직이질 않아. 아까 낮에 일도 그렇고 걱정되는데, 괜한 걱정이겠지?"

남편에게 문자가 왔다.

"내가 CCTV 대화하기 모드로 돌려서 레오 이름 불러봤는데 반응이 없어. 카메라를 아무리 돌려도 반응을 안 해. 이상한데…… 이럴 애가 아닌데……."

이윽고 불안함과 초조함은 더욱더 부정적인 생각들을 몰고 왔다. 그 래도 상식적인 선에서 다시 한번 냉정하게 생각해보았다.

★ 평소 CCTV 카메라를 돌리면 자다가도 일어나서 카메라 쪽으로 오는 아이인데 오지 않는다 ⇨ 이상하다
★ CCTV 대화하기 모드로 이름을 부르면 달려오는데 오지 않는다 ⇨ 이상하다
★ 4시간 정도를 움직임 없이 계속 잔다? ⇨ 역시 이상하다
★ 오늘 레오가 속을 게워냈다 ⇨ 아프다

무슨 일이 생긴 게 틀림없다는 결론이 나왔다. 레오가 아프구나! 레 오가 혼자 집에서 아파하고 있구나! 어쩌면 이미 어떤 일이 생겼을지 도 모르겠다는 생각이 스치자 왈칵 눈물이 날 것 같았다. 일단 침착하 자. 일단 ㅌ-태-택시를 타자.

택시를 타고 집으로 가는 중에도, 나는 두렵기도 하고 무섭기도 했다. 대문을 열었는데 레오가 꼬리를 흔들며 나오지 않으면 어쩌지, 어느 한쪽에 힘없이 누워 있으면 어쩌지 하는 생각들로 가득 찼고, 20분이 2시간처럼 느껴졌다. 엘리베이터를 기다리는 중에도 한시도 가만히 있을 수가 없었다. 속으로 제발 제발, 하고 바랐던 말들은 입 밖으로 튀어나왔다.

'레오야 제발…… 제발…… 살아만 있어줘. 내가 널 데리고 바로 병원으로 갈 수 있게 조금만 버텨줘!'

집에 도착해 문을 여는데 심장이 터질 것만 같았다. '띠리릭' 문이 열리고 나는 자리에 앉아 엉엉 울어버렸다. 평소와 같이 잠을 자고 일어나 개운하게 기지개를 켜는 레오가 있었기 때문이다.

"레오야, 괜찮아? 히잉, 흑흑, 나는 너가, 엉-엉-엉-엉."

나의 반응에 레오도 놀랐는지 내 품으로 들어와 나를 핥아주었다. 그리곤 걱정스런 눈빛으로 앞발을 이용해 내 턱을 때리기 시작했다. 그렇다. 레오는 아주 건강했다.

내 생각 속의 레오는 아프고 힘이 없었는데, 현실의 레오는 아주 건강하고 평소와 다름없었다. 남편에게 나를 향해 꼬리 치는 레오의 모습을 사진 찍어 보냈다. 남편은 안도하며, 지금 조퇴하고 집에 가려고 했다고, 정말 다행이라고 했다. 눈물이 그렁그렁 맺혀서 자신의 생명을 조금 줄여서 레오를 살려달라고 기도했다가, 지금 막 취소했다고 한다. 진짜 이놈 새끼, 오늘은 닭곰탕을 끓여주고 뽀뽀를 백번은 해줘야겠다며!

오늘의 이 해프닝은 CCTV 대화 모드에 음성 지원이 원활히 되지 않아서였음을 우리는 곧 알 수 있었다. 그리고 레오가 카메라 움직임에 반응을 하지 않은 것은 정말 꿀잠을 잤기 때문이다. 레오가 우리에게 얼마나 소중한 존재인지, 평범한 하루하루가 얼마나 감사한지 우리는 다시 한번 깨달을 수 있었다.

"레오야, 다른 건 안 바란다. 건강하게만 커다오!"

나의 힘
나의 위로,
퍼디

생각지도 못한 일이 생겼다. 내게 병이 있다는 의사 선생님의 말을 듣고 병원에서 나오는 길. 여름의 끝자락에 한낮 기온이 꽤나 높다. 내리쬐는 햇빛 아래 허탈한 모습의 내가 서 있다.

'나를 행복하게 해줘야겠다.'

미련 없이 회사를 그만뒀다. 스트레스가 원인이 아니었을까. 지금까지 열심히 달려왔던 나에게 시간을 줘야겠다고 생각했다. 많아진 시간을 어떻게 보낼까 고민하던 중에 막연히 떠오른 생각 하나. '강아지를 키워야겠다.'

슈나우저 꽃님이를 잃은 지 꼭 8년 만이었다. 언젠가 다시 강아지를 키우면 보더콜리를 키워야겠다고 생각했는데, 지금이 그 언젠가가 아닐까 싶었다. 오롯이 나를 위해서였다. 몸도 마음도 한없이 나약해진 나를 무조건 행복하게 해줄 존재, 강아지가 필요했다. 너무나도 이기적인 생각이었다는 것을 잘 안다. 그래서일까. 지금도 퍼디에게 어떤 부채감 같은 게 있다.

아침저녁으로 선선한 바람이 불던 날. 평소와 달리 병원으로 가는 발걸음이 가볍다. 온종일 들뜬 마음을 숨기지 못하고 콧노래를 불러댔다. 남편에게서 문자가 왔다. 처음에 데려오려던 강아지가 아닌 다른 동배 강아지를 데려오는 중이라고 했다. 아무럼 어떤가. 드디어 오늘, 내 품에 강아지가 안긴다. 집이 가까워지자 나도 모르게 뛰기 시작했다. 숨을 고르며 문을 열었다.

불에 그슬린 것 같은 짙은 회색 배내털, 쫑긋 선 귀와 결의에 찬 듯한 청회색의 반짝이는 눈을 한 강아지가 우리 집에 있었다. 솟아오르는 기쁨을 누른 채 내적 샤우팅을 마구마구 질러댔다.

퍼디는 독립적인 강아지였다. 마치 야생에서 자란 들개처럼 불러도 오지 않고 치댐도 애교도 없어 나를 자주 안달 나게 했다. 하지만 동물에게 다시 정 주는 것을 주저했던 부모님의 마음을 단번에 녹여버린 똑똑한 강아지였다. 수술하고, 입원하고, 치료하고. 힘들었던 그 시기를 끔찍하지만은 않게 만들어준 건 퍼디였다. 몸과 마음이 지쳐 있다가도 공을 물고 와 내 발 앞에 내려놓는 퍼디를 보면 다시 웃을 수 있었다.

좋은 날이 분명 많았지만 모든 날이 꽃밭은 아니었다. 유난히 힘들어서 쉬고 싶던 어느 날, 퍼디는 침대에 소변 실수를 한 것도 모자라 여기저기 설사를 해대기 시작했다. 꾹꾹 참았던 마음이 무너지는 건 한순간이었다. 펑펑 우는 내게 퍼디는 어딘가에서 자신이 가장 아끼는 공을 가져다주었다. 마치 '내가 가장 아끼는 건데 엄마 줄게요. 그러니 울지마요.'라는 듯이. 지금 생각해보면 '됐고, 어서 공이나 던져주세요'였던 것 같지만 그때는 내게 큰 위로였다. 퍼디의 위로에 겨우 일어나 퍼디의 똥꼬를 닦으며 내 눈물도 닦아냈다. 새삼 책임감이 무겁게 느껴지던 날, 내가 얼마나 이기적이었는지 깨달으며 다짐했다. 이제 내가 너의 행복이 되어주겠노라고.

　퍼디의 행복을 위해서는 먼저 내가 건강해져야 했다. 공을 좋아하는 퍼디에게 계속 공을 던져주기 위해, 퍼디가 좋아하는 산책을 오래 하기 위해서, 필요조건은 나의 건강이었다. 이전에 관심 가져본 적 없던 건강에 관심을 기울이며 체력 회복에 힘을 쏟았다.

　우리가 함께한 지 어느덧 2년 하고도 200일. 나는 바람대로 행복해졌을까? 나의 힘이자 위로인 퍼디를 통해 나는 성장하고 더욱 단단해졌다. 퍼디의 행복이 나의 행복임을 깨달으며 오늘도 퍼디를 위해 시간과 체력을 아낌없이 쓴다. 퍼디가 마음껏 뛸 수 있는 곳을 찾아 한걸음에 달려가고, 좋아하는 공을 백번이고 던져주면서.

　나의 퍼디야. 너와 함께하는 모든 순간이 내겐 행복이고 소중해. 나는 네게 받은 것이 너무나도 많은데, 너도 나처럼 그렇게 생각할까? 네게 허락된 시간, 그 너머까지도 늘 함께할게. 끝까지 나를 믿어주렴.

　사랑해 퍼디.

우리가 호 - 해줄게요

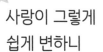

사랑이 그렇게
쉽게 변하니

부모님은 인천에서만 쭉 살다가 2년 전쯤 시골로 이사를 했다. 건물이 빼곡하고 늘 바쁘게 돌아가는 도시의 삶에서 벗어나, 텃밭도 가꾸고 초보 수박 농사꾼으로 제2의 삶을 시작했다.

하루는 안개가 그윽하게 긴 새벽녘의 마당 사진을 보내왔고, 마당에서 뒹굴며 노는 새끼 고양이들 사진을 보내기도 했다. 그러던 어느 날 엄마에게서 하얗고 예쁜 강아지 사진을 한 장 받았다.

"얘 너무 예쁘지, 건너편 할머니네 집 강아지야. 사모예드라는데 너무 예쁘지. 근데 가여워."

엄마 말대로 그 강아지는 예쁘고, 가여웠다. 뒷마당에 1미터도 채 안되는 짧은 줄에 매여 있는, 이 시골과 주인 할머니와는 어울리지 않는 사모예드. 사실 그 강아지는 할머니 손녀가 도시에서 살면서 키우던 강아지였다고 한다. 어릴 땐 작고 예뻤는데 시간이 지날수록 너무 커지고 털도 많이 빠져서, 더 이상 아파트에서 키울 수 없다는 판단 아래 이 시골로 보내졌다. 영문도 모르고 낯선 시골로 오게 된 이 가여운 사모예드를 뒤로하고 손녀는 가버렸다.

불행히도 할머니는 개를 싫어했다. 밤이고 낮이고 짖어대는 소리에 괴로워했고, 누구라도 데려가서 키우기를 바랐다. 우리 엄마에게 괜찮으면 데려가 키우라고 했다. 아주 비싼 강아지라며.

엄마는 며칠을 고민했지만 쉽게 데려올 수 없었다. 이미 엄마 집에는 50킬로그램을 훌쩍 넘어버린 우리 집 막내 말라뮤트 킹이 있었기 때문이다. 엄마의 말에 나 또한 흔들렸다. 그때는 레오를 키우지 않을 때였는데, 저 가여운 강아지를 우리가 데려올까 하는 고민을 해봤었다. 그래도 될까, 우리가 개를 키울 수 있을까. 끝까지 책임질 수 있을까……. 그렇게 고민만 하다 문득문득 떠오르는 사모예드 생각을 애써 덮어두고 살았다.

얼마 전 엄마를 통해 사모예드 얘기를 들었다. 할머니는 짖기만 하는 털북숭이 큰 강아지를 아는 사람에게 보냈다고 한다. 그리고 그 예쁘고 가여운 사모예드는 가자마자 잡아먹혔다고 한다.

그 얘기를 듣고 나와 남편은 너무 괴로웠다. 우리가 나섰으면 우리가 키웠으면 행복하게 살 수 있었을 텐데 하는 마음이 들었고, 미안했다. 우리의 작은 용기가 한 생명을 살릴 수 있었는데 방관자가 된 기분이었다. 그렇게, 예쁘고 가여운 사모예드는 또 다른 곳으로 보내져 결국 죽음을 당했다. 할머니의 손녀는 또다시 작은 강아지를 입양했다고 한다.

오늘도 많은 강아지들이 털이 날린다는 이유로, 아이가 생겼다는 이유로, 짖는다는 이유로 시골로 보내진다. 그렇게 생각할 순 있다. 강아지들도 도시에서 사는 것보다는 시골에서 사는 게 훨씬 더 행복할 거라고.

하지만, 주인과 헤어져 살면서 행복한 강아지는 없다.

반이의
천사들

코끝으로 찬바람이 스치기 시작하는 11월의 끄트머리. 반이의 출산일
이 다가왔다. 가빠진 호흡으로 산실 바닥을 거칠게 긁으며 늦은 새벽까
지 아파하는 반이의 모습에 불안해졌다. 산실 앞에 이부자리를 펴고 눕
자 조금 진정된 모습을 보인다. 긴 한숨을 전하는 반이를 가만히 쓰다듬
어주었다.

'나 여기 있어. 괜찮아.'

그해 1월, 출산을 계획하면서 반이의 건강을 체크했다. 다행히 안구
기형 검사와 펜힙 검사* 수치는 모두 정상. 항체도 빵빵하고 골반 모양

★ 펜힙PennHIP 검사는 중·대형견에게 흔히 발생하는 정형외과 질환인 '강아지 고관절 이형성
증' 진단 방법 중 하나다. 마취 후 대퇴근육의 긴장을 이완시켜 고관절 이완 정도를 확인함으로써
골 관절염의 위험 정도를 파악할 수 있다.

도 좋았다. 이제 까맣고 털이 긴 건강한 신랑만 찾으면 되는 일이었다. 당시엔 가정 교배가 허용된 시기였고, 커뮤니티에 혼담 글을 올리니 얼마 지나지 않아 여러 명의 신랑 후보들에게 연락이 왔다. 하지만 기본적인 건강검진에 응해주는 분들이 거의 없었고, 여러 번 고사한 끝에 거제도에 사는 잘생긴 리카를 찾아냈다.

2017년 9월 25일. 인천의 반이와 거제의 리카는 늦은 밤 대전에서 만나 함께 뛰며 가볍게 인사를 나눴다. 내 맘대로 정해준 신랑이었지만 다행히 반이도 싫지 않은 듯했다. 리카와 반이를 태우고 인천으로 향하는 길. 왕복 5시간이 넘는 이동 시간을 잘 버텨준 아이들을 위해 도착하자마자 가볍게 산책을 다녀왔다. 그 후 반이와 리카는 일주일 동안 함께 지내며 산책도 같이하고, 밥도 같이 먹고, 사랑하며 서로의 체온을 나눴다.

1개월 뒤 병원을 방문했다. 반이의 뱃속에는 다섯 개의 작은 심장이 뛰고 있었다. 나의 반이가 임신했다는 사실에 뛸 듯이 기뻤지만 어쩐지 가슴 한편이 묵직했다. 반이는 2주가량 입덧으로 음식을 입에 대지 않았고, 물도 겨우 입안을 축이는 정도만 마시며 식음을 전폐했지만, 다행히 출산이 가까워지면서 식욕도 돌아오고 산책도 느릿느릿 잘 따라다녀 주었다.

11월 26일, 임신 64일째 되는 날. 반이의 체온이 평소보다 1.2도 떨어졌다. 진통이 강하게 오는 듯 눈을 꼭 감은 채로 바들바들 떨며 가쁜 숨을 몰아쉬었다. 이날을 위해 미리 준비해둔 소독한 가위와 명주실,

우리우리 설날은 오늘이래요

깨끗한 수건, 직접 만든 탯줄 목걸이를 옆에 두고 아파하는 반이 곁에 가 무릎을 내주었다. 내 무릎을 베고 끙끙대며 아파하는 반이를 보니 눈물이 났다. 불안해하는 나를 본 반이가 손을 핥아주었다. 자기가 훨씬 더 아프면서 왜 나를 걱정하는 건지. 바보같이.

이제 정말 출산이 가까이 왔는지 반이는 바닥을 심하게 긁어대며 거친 호흡을 내뱉었다. 몸을 바르르 떨다가 약하게 구토를 했고 그 순간 뒷다리에 힘이 들어갔다. 양수가 터졌고 계속 반이를 쓰다듬으며 '괜찮아, 괜찮아.' 하고 말을 걸어주었다.

그때, 끙 소리 한번 없이 첫째가 태어났다!

속으로 몹시 놀랐지만 크게 심호흡을 하고 태막을 벗기고 탯줄을 자른 뒤 젖은 강아지의 몸을 닦고 목걸이를 채워 반이 품 안에 넣어주었다. 반이는 대견하게도 3시간 반 동안 다섯 마리 강아지를 무사히 출산했다.

출산 후 반이의 회복을 위해 몸에 좋다는 음식은 다 해서 먹였지만 후유증으로 인한 털 빠짐은 정말 심각했다. 그 풍성하고 반짝이던 털이 온데간데없이 휑한 반이를 보니 또 한번 마음이 무너져 내렸다. 다섯 아기들은 하루가 다르게 무럭무럭 자라서 통통해졌지만, 한편으로 출산에 대해 회의적인 생각이 들기도 했다. 친구 좋아하는 반이에게 평생 친구를 만들어주겠다는 생각이 혹시 나의 욕심이었을까. 미안한 마음이 들었다.

솜뭉치 같던 아가들은 좋은 집으로 입양되어 링고, 더덕, 이유, 몰리라는 이름을 갖게 되었다. 그리고 다섯 아가 중 한 아이는 우리 집 귀염둥이 막내아들 보스다. 동배들만의 단체 대화방도 생겼다. 지금까지도 강아지들의 하루하루를 공유하며 모임도 갖고 있다.

보스는 중성화 수술을 했고, 반이도 체중조절 후 수술을 계획하고 있다. 암수가 만나 짝을 이루고 새끼를 낳는 것이 어찌 보면 자연스러운 일이나, 뒤따르는 책임이 무수히 많고 그 무게는 무겁다. 나는 운이 좋게도 다섯 마리 모두에게 따스한 가정을 찾아주었지만, 눈에 띄게 늙어버린 반이를 보면 지금도 여전히 미안할 뿐이다.

이 아이들은 작은 생명이지만 마음이 외롭고 허전한 우리에게 하늘이 보내준 천사일지도 모른다. 고맙고 소중해, 나의 천사들아.

지금이
좋습니다

살짝 연 차창 사이로 제법 여름밤 냄새가 난다. 문득, 밤공기를 맡으며 지친 몸으로 퇴근하던 날들이 생각났다. 그랬었지. 나는 눈 밑 다크서클이 늘 턱까지 내려와 있던 회사원이었지. 어떤 날은 만족스러웠지만, 어떤 날은 내게 맡겨진 일이 버겁고 잘해야 한다는 부담감으로 퇴사를 읊조리던 사람이었다. 1년에 한 번은 남편과 스위스로, 스페인으로, 프랑스로, 포르투갈 등지로 여행을 떠났다. 목구멍까지 퇴사 충동이 올라오다가도 꿀 같은 여행을 생각하면, 꾹 참아졌다.

마지막 회사는 내가 다녔던 회사 중 가장 좋은 곳이었다. 만 7년을 다녔던 회사, 여행이라는 큰 매력을 포기하고 퇴사를 결심한 뒤 마지막 일주일 동안 정말 많이 울었다. 이제 그만 쉬고 싶어서 스스로 퇴사를 결정했음에도, 정이 들었던 학교를 나 혼자 떠나는 느낌이랄까. 내 인생이라는 책 중에 큰 한 단락이 끝나는 느낌에 마음 한쪽이 헛헛했다.

2017년 7월, 회사에서 나를 아는 모든 이들에게 인사를 건넸다.

"그동안 박스타를 사랑해주셔서 감사합니다."

2년이 지난 오늘, 함께 일했던 사람들을 만난 뒤 택시를 타고 집으로 향하고 있다. 2년이 지났지만 모두들 그대로였다. 내가 없어도 회사는 여전히 잘 굴러가고 있었고, 다양한 이슈들이 있었다. 사람들의 이야기를 듣는데 문득 회사 생활이 그립고 다시 회사에 다니고 싶은 마음이 들었다. 다시 회사로 올 생각이 없냐는 팀장님의 물음에 나는 오늘도 대답한다.

"음, 레오 데려가도 돼요?"

만약 내게 레오가 없었다면 나는 분명 다시 회사로 돌아갔을 것이다. 쉴 만큼 쉬었고, 다시 마음껏 여행할 수 있는 기회가 온다면야 거절할 이유가 없었다. 하지만 이제 내게는 없어선 안 될 레오가 있다. 하루 종일 나를 기다리며 문 앞에서 무기력하게 잠만 자는 레오를 상상해보니 '어휴, 아니지. 그럴 수 없지.'라는 말이 절로 튀어나왔다.

회사를 그만두고 나서 오늘 같은 날처럼 가끔 그립긴 해도 '괜히 그만뒀다, 아 다시 회사 가고 싶다.'라고 생각한 적은 없다. 눈 뜨면 레오와 함께 산책하고 레오와 눈을 마주치는 시간들이 내게는 월급보다 소중하다. 회사 다닐 때 온전히 느끼지 못했던 '매일이 즐겁다'는 느낌을 요즘 나는 매일매일 느낀다. (레오는 나에게 꿀이다.)

택시에서 내려 집으로 향한다. 문을 열자 나의 레오가 귀를 내리고 두 발로 춤을 추며 새소리로 노래한다. 마치 '왜 이제 왔어, 내가 얼마나 기다렸는데. 빨리 나를 안아줘.'라는 듯이.

매년 해외로 여행을 갈 순 없지만, 매일 레오와 동네를 산책하는 지금의 삶이 나는 더 행복하다. 옷을 갈아입는 내 발 앞에 생선 모양 인형이 놓여 있다. 레오가 멀찍이 앉아 인형 던져주기만을 기다린다. 엉덩이를 잔뜩 올리곤 까만 눈을 반짝인다.

나의 하루는 아직 끝나지 않았다.

우리들의
켈리

"이 캠핑 의자 어때? 켈리랑 잘 어울리겠지?"

남편이 인터넷으로 검색한 캠핑 장비를 보여준다. 켈리랑 잘 어울리겠냐는 물음에 웃음이 피식 하고 흘러나왔다.

"그렇네. 그 의자 색감이 켈리랑 찰떡이네."

뭐라도 내릴 듯 종일 하늘이 잔뜩 찌뿌둥하더니 결국 눈발이 날리기 시작했다. 12월의 어느 겨울날, 캠핑 장비를 검색하며 즐거워하는 남편과 나, 그리고 덩달아 신이 난 켈리. 우리는 봄을 기다린다.

더 이상 즐겁지 않고 새롭지 않은 나이, 40대 중반이 되니 그랬다. 아이가 없는 우리 부부에게는 특별하게 재미있거나 흥미로운 일 없이 매일이 잔잔하고 똑같은 일상의 연속이었다. 바쁜 일과를 마치고 집에 오면 가벼운 대화를 나누곤 각자의 시간을 가졌다.

밋밋한 일상에 변화를 주고 싶어 고민 끝에 전원생활을 해보기로 했다. 전원생활이 맞지 않으면 다시 서울로 올 요량으로 경기도에 두 번째 집을 마련했다. 복잡한 서울을 벗어나니 자연 속의 삶이 편안하고 느릿하게 느껴졌다. 새로움이 주는 설렘과 익숙함이 주는 편안함 사이에서 지루함을 느끼려던 찰나.

"우리…… 다시 강아지 키워볼까?"

늘 마음속에 있었지만 쉽게 꺼낼 수 없던 말이었다. 우리가 강아지를 키워도 되는 걸까?

10여 년 전 우리 부부는 '구르미'라는 이름의 강아지를 키웠다. 강아지를 잘 모르던 우리가 처음으로 키웠던 구르미는 세 살이 되던 해에 병으로 무지개다리를 건넜다. 회사에서 남편과 통화하면서 죄책감과 슬픔에 둘이 펑펑 울었던 기억이 여전히 선명하다. 모두 우리 때문이라고, 충분히 사랑을 주지 못했다고, 더 신경 썼어야 했는데 그러지 못했노라고…….

그 후로 우리는 강아지를 키워선 안 된다고 생각하고 다짐했다. 문득 다시 키우고 싶은 마음이 들 때마다 강아지도 힘들고 우리도 힘들 거라며 서로에게 충고하곤 했다. 그랬던 우리에게 2018년 10월 20일,

고객님의 봄이 도착했습니다

켈리가 운명처럼 다가왔다. 까만 털들 사이로 눈이 보석처럼 반짝이던 켈리는 우리에게 귀염둥이 아이가 돼주었고, 대화가 없던 우리 부부를 밤새 쉼 없이 이야기하는 수다쟁이로 만들어주었다.

켈리가 가져다준 행복 속에서 웃음 짓다가도 문득 구르미 생각에 한쪽 가슴이 아려오곤 한다. 켈리에게 쏟는 애정만큼 구르미에게 쏟지 못한 미안함과, 하늘에서 구르미가 서운해하진 않을까 하는 생각에 마음이 무겁기만 하다. 이런 내 마음을 아는 남편은 구르미도 이해해줄 거라며, 우리가 할 수 있는 최선은 켈리에게 잘하는 것이라고 다독여준다. 전할 수만 있다면 구르미에게 이 미안한 마음을 꼭 전하고 싶다.

매일 저녁 퇴근 후 남편과 함께 켈리를 데리고 산책하는 길. 나란히 선 우리 셋의 그림자를 보며 잔잔한 행복을 느낀다. 주말이면 피곤함에 꼼짝하기 싫어하던 남편은 켈리와 함께 걷는 것도, 뛰는 것도, 멀리 운전해서 가는 것도 모두 행복하다고 말한다. 남편은 요즘 출근 후 집에 혼자 있는 켈리가 눈에 밟혀 오전에 회사 일을 보고 집에 와서 일을 하기도 한다.

우리는 함께 따뜻한 봄날을 기다리고 있다. 초록빛 새싹이 돋아나는 곳에서 켈리와 함께 뛰어놀며 캠핑을 하기 위해 장비를 하나둘씩 준비하고 있다. 창밖엔 눈이 내리지만 설렘 가득한 우리 마음은 이미 봄이다.

켈리는 우리 부부에게 오늘의 소중함과 내일의 설렘을, 그리고 사랑을 가르쳐주었다.

아직 갈 길이
멉니다만

"박샛별 씨, 앞으로 오세요."

감독관의 호명에 떨리는 마음으로 앞 좌석에 앉아 운전대를 잡았다. 브레이크를 이리저리 밟아보며 다리가 편안한 각도로 의자를 조절했다. 안전벨트를 매고, 룸미러를 시선에 맞추고, 숨을 깊게 들이마셨다.

'사이드브레이크를 밟고, 시동을 걸고, 비상등 끄고, 좌회전 깜박이 켜고, D드라이브 넣고 출발!'

지난 며칠간 틈이 날 때마다 수없이 되뇌던 말들이다. 드디어 오늘 그간 길게도 미뤄왔던, 하지만 언젠가 꼭 해야 하는 숙제 같았던 일, '운전면허'를 취득하기 위한 최종 관문 도로주행 시험을 본다. 연습 때와 다른 긴장감과 초조함이 뚤뚤 뭉쳐 나를 넘어뜨리려 했다. 차선을 변경할 때마다 좌우로 흔들리는 멘탈을 겨우 붙잡고는 무사히 시험을 마쳤다.

"축하합니다. 합격입니다."

지난 2주간의 삶이 온통 운전면허 시험에 맞춰져 있었는데, 자유로워졌다는 생각에 해방감을 느낀다. 드디어 취득했다. 20대에 필기시험 합격 후, 회사가 바쁘다는 핑계로 학원 등록을 미루다 결국 서른일곱, 오늘이 되어서야 숙제를 마쳤다. 크, 대견하다. 나 자신!

'일이 한가해지면 따야지. 아니다, 백수가 되면 따야지. 음, 겨울엔 손이 시려 시험에 떨어질 수 있으니 따뜻한 봄에 따야지. 봄엔 미세먼지가 많으니까 공기 좋을 때 따는 게 낫지 않겠어?'

운전면허 따기 적당히 좋은 날이 내겐 없었던 모양이다. 아니, 사실은 따고 싶은 마음이 없었다. 같은 회사를 다니는 남편 덕에 매일 아침 조수석에 타서 눈을 감으면 편안히 회사에 도착하곤 했다. 휴일에도 절친인 남편과 늘 함께였으니, 불편 없이 어디든 갈 수 있었다.

레오를 가족으로 맞이하고 나서야 그간 느끼지 못했던 운전의 필요성을 깨달았다. 시간은 많은데, 레오와 함께하는 산책이 늘 동네였다. 빼곡한 아파트 사잇길이 아닌 푸른 자연이 있는 곳으로 레오를 데려다

주고 싶다는 생각이 들었다. 눈치 보지 않고 오롯이 우리가 함께할 수 있는 곳으로 가려면 나의 도전이 필요했다. 말만 참 잘하고 실천은 더딘 나를 움직이게 하는 힘은 레오에게 있었다. 주저 없이 도전했고, 결국 이루었다.

일주일 후, 손안에 새로운 신분증을 쥘 수 있었다. 장롱면허가 아닌, 취득한 목적을 온전히 이루기 위해 자신만만하게 남편 차에 시동을 걸었다. 동네를 가볍게 한 바퀴 돌고 뿌듯한 마음으로 지하주차장에 들어섰다. 내친김에 주차까지 도전해보기로 했다. 남편의 지도 아래 하얀 선 안에 차를 넣는 데 성공! 생각보다 나는 운전을 잘한다며, 이제부터 내 꿈은 택시 운전기사라고 떠들어댔다. 주차 라인에 조금 더 가까이 대보겠냐는 남편의 제안에, 호기롭게 D드라이브에 맞추고 핸들을 돌렸다. 기어를 후진에 놓고 브레이크에서 발을 뗐는데, 얼마 지나지 않아 오른쪽 사이드미러는 나의 멘탈과 함께 와장창 박살 나고 말았다. 시원하게 부서진 사이드미러를 보고 잠시 잠깐 가득 차올랐던 자신감 게이지가 바닥을 향해 고꾸라졌다.

10분 전까지만 해도 금방 레오와 함께 차를 타고 전국을 누빌 수 있을 것 같았는데, 지금은 장롱면허로 살아야 할 것 같은 기분이다. 하지만 레오의 삶을 풍요롭게 해주기 위한 나의 도전을 여기서 멈출 수는 없다! 푸르른 자연 속의 레오를 상상하며 마음을 추슬러본다.

하, 새삼 운전하는 모든 이들이 존경스러운 밤이다.

레나랜드

광활하게 펼쳐진 뉴질랜드의 초원 사이를 달린 지 5시간. 드디어 라마와 알파카들이 있는 농장이 보이기 시작한다. 케이지 안에는 두려움 반 설렘 반, 이제 8주 된 강아지 레나가 눈을 반짝거리고 있었다. 조심스레 작은 레나를 품에 안았다.

"레나야, 여기가 우리가 함께 살 집이야. 마음에 들었으면 좋겠다. 소개할 가족들이 많아."

우리 부부가 차근차근 계획하며 꿈꾸던 삶이 시작되고 있었다. 몇 해 전, 주택단지에 살다가 넓은 땅이 있는 이곳으로 이사를 왔다. 초원을 관리해줄 동물을 알아보다 살생을 필요로 하지 않는 라마와 알파카 스물두 마리를 입양했다. 그중 몇 마리는 전 주인의 땅에 풀이 충분하지 않아 더 이상 키울 수 없어 우리 집으로 오게 되었다. 크리스마스, 비앙카, 초코 등 예쁜 이름을 갖게 된 라마와 알파카들은 우리의 새 가족이 되었다.

그리고 1년여의 고민과 공부가 시작되었다. 이제 강아지를 키워도 될까, 우리가 강아지를 행복하게 해줄 수 있을까.

구조묘 단체에서 8년간 활동하면서 가족으로 맞이한 고양이 랄라와 릴리가 이미 있었기에 더욱 신중히 생각하고 준비했다. 계획을 세우고 하나씩 실천하는 데 짧지 않은 시간이 흘렀다. 그리고 오늘, 내 품에 레나가 있다. 그토록 키우고 싶었던 보더콜리, 작고 귀여운 레나가 내 삶으로 들어왔다.

뉴질랜드에서 강아지를 키우기 위해서는 매일 산책시키는 것과 매너 교육이 중요했다. 나 또한 레나를 이해하며 오랫동안 행복하게 함께 살고자 퍼피 트레이닝 8주를 시작으로 심화 예절교육까지 총 30주간의 교육 과정을 마쳤다. 강아지 눈높이에서 이해하고 함께 소통하는 것을 배우는 시간, 똑똑한 레나는 빠르게 이해했고 우리와 함께 살아가는 방법을 익혀갔다. 짧지 않은 30주, 서로의 삶을 소개하고 공유하는 방법을 배우고 앞으로 함께 살아갈 준비를 하는 시간이었다.

레나는 차분한 성격으로 새로운 친구들에게 친절한 보더콜리로 자라주었다. 검은 고양이 랄라와 릴리와도, 라마와 알파카들과도 좋은 친구가 되었다. 우리 부부에게는 이루 말할 수 없이 사랑스러운, 딸과 다름없는 존재임은 물론이다.

어느 날이었다. 남편이 레나와 단둘이 소나무가 우거진 숲으로 산책을 갔던 날, 나뭇잎 사이로 부서지는 햇볕 아래 신이 난 레나는 숲속을 이리저리 탐색하며 뛰어다녔다. 흐뭇해하며 산책을 하던 남편은 더 들어갔다가는 되돌아 나오기가 쉽지 않겠다는 생각에 뒤돌아 가기로 했다.

그런데 이런! 어디로 왔는지 구분이 되지 않았다고 한다. 그 나무가 그 나무 같고, 이 나무도 그 나무 같았다. 길을 잃은 것이다. 길 밖으로 벗어나려 했지만 의도와 다르게 점점 숲속으로 들어가게 되었다.

"레나야, 아빠가 길을 잃은 것 같아. 레나가 길을 찾을 수 있을까? 레나, 엄마한테 가자."

남편의 말을 알아들은 것인지 레나는 잠시 멈춰 생각을 하더니 바닥 냄새를 킁킁 맡으며 앞장서기 시작했다. 레나 뒤를 쫓아가기를 얼마나 했을까. 기특하게도 레나는 처음 숲으로 들어왔던 입구를 찾아냈다. 그렇게 레나 덕분에 둘은 무사히 내 품으로 돌아왔다. 물론, 레나가 인도한 길에는 가시나무들이 있어 남편이 조금 긁혔지만 말이다.

뉴질랜드에는 중·대형견들이 마음껏 뛰어놀 수 있도록 시에서 운영하는 공원이나 야외 시설이 많다. 차를 타고 조금만 나가면 레나와 나는 숲길을 걸을 수 있고, 어느 관광지 전망대가 부럽지 않을 정도의 훌륭한 산책로를 만날 수 있다. 산책길에 마주치는 사람들도 강아지를

웰컴 투 레나랜드

배려하고 존중하는 모습을 보인다. 인사해도 될지 물어보고 레나와 인사를 나누는 사람들도, 친절하게 다가가는 레나도, 이 모든 게 사랑스럽다.

레나와 함께한 지 5년, 레나랜드*는 기대했던 것보다 더 행복하고 즐겁다. 항상 말해주고 있지만, 널 얼마나 아끼고 사랑하는지 알지, 레나야!

우리는 너와 함께여서 너무 행복한데, 레나도 행복해?

★ 레나랜드에서는 가족의 일상을 담은 유튜브 채널 "레나랜드Lena Land"를 운영하고 있다.

너의 감촉

아픈 강아지를 손으로 만질 때의 촉감은 어딘가 다르다. 온기가 약간 빠져나간 듯 축축하기도 하고 보들거리던 털이 뻣뻣하게 느껴진다. 쉬이 아프지 않던 레오가 어제 새벽부터 설사를 하더니 오늘은 기운도 없는 모양이다. 힘없이 누워 있는 레오를 쓰다듬는데 촉감이 반갑지가 않다.

레오의 상태를 확인하기 위해 사료 통을 열었다. 내 발걸음이 사료 통 가까이만 가도 꼬리 치고 달려오던 레오가 오지 않는다. 사료를 한 컵 퍼서 밥그릇에 놔주었다. 여전히 오지 않고 아무런 반응도 보이지 않는다. 서둘러 가슴줄을 매고 배변봉투를 챙기고 모자를 눌러썼다. 산책마저도 거부하는 레오를 품에 안고 집을 나섰다. 아직 병원 문 열기까지 30분이나 남았는데, 레오를 데리고 서둘러 병원으로 향했다. 13킬로그램인 레오를 안고 집에서 20분 거리를 걷는다는 것은 쉬운 일이 아니었다. 차오르는 숨에도 멈추지 않고 병원으로 종종걸음을 이어갔다.

레오의 병명은 '장염'이었다. 기운 없어 해서 걱정이 되었다고, 아니 글쎄 애가 밥도 안 먹고 산책도 안 간다고 해서 큰일이 난 줄 알았다고 의사 선생님 앞에서 끝없이 주절거렸다. 약 먹으면 괜찮아질 것이라는 위로에 마음을 추스르고 레오와 함께 병원을 나왔다.

레오를 안고 섰는데, 바람이 불었다. 그제서야 내 몸이 땀투성이라는 것을 깨달았다. 레오를 안고 정신없이 걸었더니 인중에도 겨드랑이에 도 배에도 땀이 송글송글 맺혔다.

"안 되겠다. 레오야, 우리 쉬었다 갈까?"

가까운 벤치에 앉아서 레오와 함께 바람을 맞았다. 옆자리에 앉은 레오는 바람 냄새를 맡으며 코를 씰룩거렸고, 그 움직임이 어딘지 즐거 워 보였다. 아침엔 비극의 서막이 오른 듯 가슴 철렁하고 레오의 움직 임이 서글프게만 보였는데, 괜찮다는 의사 선생님의 마법 같은 말로 평 범한 일상이 보이기 시작한다. 푸른 잎사귀들을 흔드는 바람마저 장난 스럽게 느껴진다.

"휴, 진짜 다행이야. 그렇지?"

내가 하는 말을 알아들은 듯 레오가 귀를 내리고 내 손에 주둥이를 갖다 붙이며 비비댄다. 따뜻한 온기, 뽀송뽀송한 털의 촉감을 내게 전한다. '걱정하지 마요. 저 괜찮아요. 자, 이것 봐요!' 하는 것만 같다.

레오는 나에게 가족이고, 일부이고, 없어선 안 되는 소중한 존재임을 다시 깨닫는 아침이다. 얼른 집으로 가서 레오와 함께 마음 편하게 낮잠을 자야겠다. 이럴 때 내가 백수라는 것이 새삼 기쁘고 즐겁다.

"근데 레오야, 네가 스스로 걸으면 안 되겠니?"

🐾 슬기로운 보더생활 안내서

★ 보더콜리 입양을 고민 중이시라면 '다시 생각해보세요'

- 매일 아침저녁으로 눈이 오나 비가 오나 동네 산책 꾸준히 해보기.
  이런 삶을 10여 년 계속할 수 있는지.
- 나만을 위하던 삶을 내려놓을 수 있는지.
- 늙고 병드는 아이들의 삶도 사랑할 수 있는지.
- 나의 시간과 돈을 강아지를 위해 쓸 수 있는지.
- 어떤 상황이 오더라도 끝까지 함께할 수 있는지.

★ 그럼에도 불구하고 함께하겠다면 '준비해요'

- 집 안 값비싼 물건들 치우기(파괴 본능에 희생되고 싶지 않으시다면).
- 친구들과 어울리던 시간에 안녕을 고하기.
- 강아지에 대해, 보더콜리에 대해 많이 공부하기.
- 멘탈 단단히 붙잡기.
- 집 주변 24시간 운영하는 동물병원 알아두기.
- 합법적이고, 마음을 다하는 강아지 장례 시설 미리 알아두기.

★ 보더콜리를 키워서 '좋은 점'

- 계절 변화에 민감해진다. 봄 여름 가을 겨울의 아름다움에 취하게 된다(캬-).
- 활동적인 사람이 된다. 하루 만 보 걷기는 쉽다.
- 청소를 자주 하게 된다. 그렇다고 집이 깨끗해지는 것은 아니다.
- 외식이 줄었다. 그러나, 배달은 늘었다.
- 사회성이 늘었다. 사람 친구는 잘 못 사귀어도 강아지 친구는 잘 사귄다.
- 눈치가 빨라진다. 어떨 땐 사람들의 불편한 시선을 미리 감지하기도 한다.
- 자연을 좋아하게 된다. 사람 없는 한적한 곳을 찾아다니게 된다.

#4

너와 함께한
봄 여름 가을 겨울

나의
여행친구
로니

"아휴, 어깨 부서지겠다."

　18킬로그램에 가까운 짐들을 어깨에 메고 산을 오르는 일은 생각보다 쉽지 않았다. 오르는 내내 정상에 도착할 순 있을지 나의 의지를 의심하고, 속으로 욕을 뱉고, 나 자신을 응원하기를 반복했다. 헉헉대며 내적 갈등을 이어가는 나와 달리 열심히 앞서 길을 가는 로니의 뒷모습에 피식 하고 웃음이 나왔다. 2시간가량 걸었을까. 정상을 알리는 풍차가 가까이 보이기 시작한다. 넓게 펼쳐진 산언덕 너머로 빨간 노을이 번지는 순간을 로니와 함께 눈에 담았다. 바람에 풀이 눕는 소리, 휘웅휘웅 돌아가는 풍차 소리가 퍼지는 이곳, 어느덧 밤이 짙게 내려앉은 산속에 나와 로니가 있다.

로니를 만나기 전, 인터넷 카페를 통해 보더콜리라는 견종에 대한 공부를 시작했다. 건강한 강아지를 데려와야겠다는 생각에 한 훈련소를 방문했다. 당시 대학생이었던 나는 바로 입양을 결정할 수 없었다. 함께할 날을 기다리며 아쉬운 발걸음을 돌렸다. 얼마 지나지 않아 첫 직장에 취직하고 분양비를 마련하기 위해 돈을 모았다. 가족들의 손을 빌리지 않고 온전히 내 힘으로 책임지고 싶었다. 다시 훈련소를 찾았다. 당시 태어난 아이들은 다 좋은 가족을 만났는데 한 마리가 아직 남아 있다고 했다. 로니였다.

로니가 집에 온 뒤 한동안 제대로 잠을 이루지 못했다. 로니에게 알람이 내장되어 있는 건지, 매일 새벽 1시, 3시, 5시면 우렁차게 짖어댔다. 부모님과 이웃에게 죄송하고 난처했던 시간들도 어찌됐든 흘러갔다.

로니 주변에는 여행을 자주 다니는 친구들이 많았다. 뚜벅이인 나 때문에 동네 산책을 벗어나기 어려운 로니와 달리 로니의 친구들은 차를 타고 국내는 물론 비행기를 타고 해외로 여행 가는 친구들까지 있었다. 로니가 한 살이 되던 해, 친구와 함께 비행기를 타고 부산으로 여행을 가게 되었다. 생각보다 잘 적응하고 신나게 뛰어노는 로니를 보며 우리가 함께할 수 있는 곳이라면 어디든 가보기로 마음먹었다.

국내에서 10킬로그램 이상 되는 반려견과 함께 여행하는 데는 제약이 많았다. 우연히 반려견들과 함께 산으로, 바다로, 섬으로 떠나는 이들의 이야기를 듣고 도전해보고 싶은 마음이 생겼다. 바다 냄새, 비 냄새, 풀 냄새, 바람 냄새를 마음껏 맡을 수 있는 곳으로 여행을 시작했다.

짐을 풀고 피곤한 몸을 침낭에 욱여넣었다. 막 잠이 들려는데 평소와 달리 로니의 컨디션에 이상이 있어 보였다. 연신 재채기를 하며 떠는 로니가 걱정이 되어 핫팩을 꺼내 로니 옷 위로 붙여주었는데 안심이 되지 않는다. 좁은 침낭에 자리를 마련하고 로니를 불렀더니 침낭 안으로 쏙 들어왔다. 불편하더라도 이렇게 붙어 자는 게 좋겠다 싶어 옆으로 반듯하게 누워 공간을 내주었다.

새벽 내내 오른팔이 배겨 제대로 잠을 잘 수 없었다. 서서히 손가락에 감각이 사라지는 것 같은 느낌이랄까. 바로 눕고 싶어도 로니 때문에 그럴 수가 없었다. 로니도 다리 한번 쭉 펴지 못하고 가만히 누워 나의 온기를 이불 삼아 밤을 보냈다. 다행히 로니는 컨디션을 회복했고, 나도 오른팔의 감각을 되찾았다.

우리는 매달 한 번씩 캠핑을 나서고 있다. 로니를 만난 이후로 계절이 변하는 게 즐겁고, 주말엔 어디로 가볼까 고민하는 게 일상이 되었다. 나 혼자라면 시도조차 하지 않았을 일이지만, 로니로 인해 내 인생에 없었을 값진 경험들과 소중한 인연들을 만났다.

벌써 남쪽은 벚꽃이 만개했다고 한다. 나의 여행친구 로니와 이른 봄을 만나러 가야겠다. 흩날리는 꽃잎 사이로 웃으며 나를 향해 뛰어올 로니를 생각하니 벌써부터 무척이나 설렌다.

소복소복 속닥속닥, 우리들의 긴 밤

딸이 하나
있습니다

"레오야, 엄마 바빠. 아빠한테 가봐"

그림을 그리고 있는데 놀아달라고 인형을 내 발 앞에 물어다 놓은 레오에게 말한다. 근데 언제부터 내가 레오의 '엄마'가 되고, 남편이 '아빠'가 된 걸까?

앞니 두 개가 모두 빠져 순수함이 매력적일 때부터 우리 집엔 늘 강아지가 있었다. 그때도 이렇게나 소중한 존재였던가? 그때 내게 강아지란 그저 우리 집에 있는 귀여운 존재쯤이었다. 가끔은 나가 놀 때, 너무 신나서 강아지에게 인사도 없이 황급히 신발 꺾어 신고 나가기도 했다. 빠진 앞니에 남들보다 더 큰 새 이가 자라나고 교복을 입을 때쯤부터는 강아지에게 인사를 빠뜨리지 않았던 기억이다.

"애들아, 나 학교 다녀올게. 잘 놀고 있어."

그때는 강아지들에게 '나'라는 호칭을 썼었는데, 지금은 '엄마'라고 하는 내가 새삼스럽다. 레오를 가족으로 맞이하고, 이런 이야기를 엄마랑 나눈 적이 있다.

"엄마, 내가 레오한테 '엄마'가 된 것 같아. 나도 모르게 말끝마다 '엄마가'라고 하더라고?"
"그럼, 당연하지. 자식 같지. 자식이지. 자식이야."

어릴 적에는 강아지를 딸, 아들이라 부르고 본인을 '엄마'로 부르는 사람들을 조금은 유난스럽다고 생각한 적이 있다. 개는 개지, 어떻게 부모와 자식 같은 관계가 되는 건지 좀처럼 이해할 수 없었다. 그런 내가 어느 날 레오에게 '엄마'가 되었다. 강아지의 삶이 행복할 수 있도록 결코 가볍지 않은 책임을 다하려 노력하는 마음이 부모의 마음과 닮았기 때문이겠지. 레오에게 언제나 사랑을 줄 수 있는 존재로, 끝까지 사랑하고 지켜주고 싶은 마음이 매일매일 커진다.

강아지를 키워보지 않은 사람은 쉽게 공감하지 못할 것이다. 나에게 의지하는 작은 생명이 품에 안겨서 눈을 맞추고, 만져달라고 손을 끌어당기는 따스한 온기를 느껴보지 못했다면 말이다. 누군가의 눈에는 유난스럽겠지만, 노력하지 않아도 자연스럽게 느껴지는 이 마음을 적절히 설명할 방법이 없네?

강아지 한 마리가 우리 집에 들어와 내 품에 안긴 뒤 나는 레오의 엄마가 되었다. 매일 레오를 통해 사랑을 배우고, 하루하루 우리가 함께하는 삶을 소중히 여긴다. 오늘이 얼마나 소중하고 이 일상이 얼마나 행복한지 나는 잘 안다. 레오의 존재는 나와 남편에게 자식과도 같으며, 무엇에 비할 수 없을 정도로 애틋하고 귀하다.

우리에겐 레오라는 예쁜 딸이 있다.

창문 너머로 하교하는 아이들 웃음소리가 들려오자 모니는 타다다닥
소리를 내며 베란다로 달려간다. 10여 분쯤 지났을까. 창문 밖을 유심
히 지켜보던 모니가 꼬리를 흔들며 재빨리 현관으로 가 자리를 잡는다.

"모니야, 나 왔어! 엄마, 다녀왔습니다!"

모니가 하루 중 가장 좋아하는 시간은 바로 지금, 초등학교에 다니
는 아들딸이 집으로 오는 시간이다. 가방을 내려놓기도 전에 모니를 끌
어안으며 뽀뽀 세례를 받는 딸과 정신없이 꼬리를 치는 모니를 보는
이 시간이 나에게도 가장 행복한 시간이다.

모니를 만난 건 1년 전쯤이었다. 어느 날 남편 회사에서 키우던 풍산

개 믹스견이 집을 나가서 수소문하며 애타게 찾고 있었다. 습관처럼 인터넷을 접속하여 잃어버린 강아지 소식을 찾곤 했는데, 그곳엔 많은 아이들이 새 주인을 애타게 기다리고 있었다.

유기견 임시보호부터 입양까지 생각하던 차에 한 장의 사진과 사연을 보고 우리 부부는 이틀을 고민했다. 개인 사정으로 키울 수 없어 보낸다는 2개월이 된 노란빛의 보더콜리 레몬, 모니였다. 크고 또렷한 눈빛이 이틀 내내 머릿속에서 떠나지 않았고, 결국 데려오기로 했다.

가을 저녁, 선선한 바람을 맞으며 아이들을 차에 태우고 인천으로 향했다. 평소 강아지를 좋아하던 아이들에게 서프라이즈를 하기 위해, 강아지가 있는 테마파크에 놀러 간다고 했다.

지인으로부터 입장권을 받아야 한다고 둘러대며 아이들과 함께 어느 집으로 갔다. 문이 열리자마자 뛰어나온 모니가 배를 보여주며, 꼬리 치며, 온몸으로 우리를 반겨주었다. 아이들은 "이 강아지 정말 귀엽다!"며 연신 쓰다듬고 있었다.

"애들아, 이 강아지 이제 우리 집으로 같이 갈 거야. 같이 살 거야!"

"?"

"!"

순간, 정적이 흘렀다. 동그랗게 커진 눈을 꿈벅거리던 아이들은 정말이냐며 믿을 수 없다며 수없이 되물었다. 집으로 오는 길 내내 기뻐하며 재잘거리던 아이들의 웃음소리가 여전히 귀에 생생하다.

우리 집 모니 코는 매우 반짝이는 코

모든 선택에는 대가가 따른다. 이틀간의 고민이 너무 짧았던 걸까, 과연 이게 옳은 선택이었을까. 모니가 오고 우리의 생활은 180도 변해버렸다. 호기심 왕성한 2개월 강아지 모니는 아이들의 팔과 손을 물기 바빴고, 아이들 몸에 상처는 매일 늘어갔다. 각종 정보들을 찾아 나름의 방법들 '물면 등 돌리기, 문 닫고 들어가기, 대신 물 수 있는 장난감 주기 등'을 실천해보았지만 달라지는 것은 없었다.

대책을 위해 모인 가족회의. 모니는 유난히 딸을 많이 물었는데, 딸아이는 자신이 아프다 하면 모니가 더 혼날까 봐 괜찮다고, 아프지 않다고 했다. 나아지지 않는 상황에 어떤 날은 후회하며 예전으로 되돌리고 싶었고, 어떤 날은 흔들리는 마음을 다잡았다.

마음을 내려놓고, 모니의 행동을 이해하기 위한 가족회의를 열었다. 영상 자료들을 찾아서 함께 보며 모니의 모습 그대로 받아들이기로 했다. 모니가 집에 온 지 두 달쯤 되어가자 입질도 차츰 줄어들었고, 마음을 내려놓았더니 말썽쟁이가 아닌 귀여운 모니가 보였다.

열두 살 아들은 요즘 모니에게 더욱 신경을 쓰는 게 보인다. 학교 다녀와서 함께 산책도 하고 양치도 시켜주곤 하는데, 서툴지만 그 마음도 손길도 사랑스럽다.

열 살 딸은 집에선 표현을 잘하는 밝은 아이지만 학교 친구들에게는 큰 관심을 갖지 않았다. 모니가 온 이후부터 강아지에 대한 책을 많이 보는데, 친구들이 그런 딸에게 관심을 가지면 모니에 대해 이야기하며 모니를 보여주려 친구들을 집으로 데려오기도 한다. 평소 같으면 무관심했을 딸이 친구들과 와자지껄하며 집으로 올 때면 모니를 가족으로 맞이한 건 정말 잘한 선택이지 싶다. 딸은 글 쓰는 것을 좋아하는데, 모니가 온 이후로 이야기 속 주인공은 늘 모니다. 아무래도 딸 아이 상상 속 세상의 반은 강아지인 것 같다.

우리 가족에게 없어선 안 될 사랑스러운 존재, 막내 모니는 오늘도 우리 부부와 아이들을 따뜻한 사람으로 성장시킨다.

"우리 집 막내아들 모니야. 우리와 함께해줘서, 아이들을 사랑해줘서 고마워."

오늘이
행복하다

아침이면 등으로 전해지는 레오의 따뜻한 온기로 웃으며 하루를 시작
한다. 나에게 '오늘'이 주어졌다는 것, 그리고 레오와 함께 하루를 보낼
수 있다는 것이 감사하다.

　제일 먼저 거실 창문을 열고 그 앞에 레오와 나란히 앉아 함께 아침
공기를 마시며 레오의 눈을 바라보기도 하고, 머리를 쓰다듬기도 한다.
부드러운 감촉이 좋다. 내가 일어나자 쏜살같이 장난감 통으로 뛰어가
생선 인형을 물고 삑삑 소리를 내며 놀자고 하는 레오의 발짓은 또 얼
마나 사랑스러운지. 서둘러 양치질을 하고, 눈꼽 체크하고 모자를 눌러
쓰고 산책 복장으로 갈아입는다.

　눈치 빠른 레오는 어느새 생선 인형은 저 멀리 던져놓고 한껏 신이
나서 껑충껑충 뛴다.

"왜, 왜? 어디 갈 것 같아? 어딘지 알아? 레오, 산책 갈까?"

　나의 똑똑한 보더콜리는 내 말에 점프를 멈추고 가슴줄이 있는 거실로 가서 눈을 반짝이며 손길을 기다린다. 물과 배변봉투, 장난감과 간식을 챙겨 들곤 아침 산책을 나간다. 산책하면서 꾸준히 뒤를 돌아보며 나를 챙기는 레오의 마음이 느껴져 고맙고, 왠지 모르게 마음이 뿌듯해진다.

　매일 아침 똑같이 반복되는 산책. 집에 올 때마다 나는 걷지 않겠노라, 안아주면 가겠다 하는 레오를 안아주는 것도 땀은 쏟아지지만 보람되달까, 아무튼 즐겁다. 공동 현관 앞으로 뛰어 올라가 몸을 터는 레오의 몸짓도, 어서 문 열라고 입을 문에 가까이 대고 눈을 굴리는 모습도 귀엽고 사랑스럽다.

　나를 닮아서인지 쫄보탱 레오는 차도를 무서워하는 탓에 동네 산책을 자주 하는데 그게 마음에 쓰였다. 다른 친구들처럼 차를 타고 사람들의 시선에서 벗어나 자연 속으로 가고 싶어서 늦은 면허를 땄다. 하지만 땄다고 바로 갈 순 없었다. 그렇다. 나 또한 쫄보 쫄보 왕쫄보다. 동네에서 운전 연습을 하며 조만간 함께 산으로, 바다로, 어디든지 가자며 공수표를 날렸다.

　어쩌면 자유롭지 못하고 비슷하게 반복되는 이 삶을 나는 왜 즐거워할까. 취미를 가져도 금방 질려서 새로운 취미를 찾던 내가 1년 4개월이 넘도록 같은 생활을 하면서도 즐겁다고 말한다.

　레오 때문에 만들어진 삶의 패턴이 조금은 단순하더라도 매 순간이 행복이다. 좋아도 너무 좋고, 그간에 느끼지 못한 즐거움이 있다. 이 마약 같은 존재가 나의 집에 있어서, 내 품에 있어서, 삶이 반짝반짝 빛난다. 회사 다닐 때보다 경제력은 떨어졌지만 삶의 행복지수는 최고점이다.

지금의 삶이 너어어어어무 좋다!

우리 가족의
봄 보리

'내가 또 나설 차롄가?'

　시끌거리는 소리에 거실로 나가보니, 아빠는 얼굴이 붉으락푸르락 하고 엄마는 오늘도 생기 없는 얼굴을 하고 있다. 이왕 등장하는 거 화려하게 하자 싶어 주먹 불끈 쥐고 큰소리치며 나갔건만, 어째 분위기는 더 싸해진다. 자칭 해결사로 등장한 나는 오늘도 완벽하게 실패했음을 깨달으며, 결국 전투의 중심으로 들어가 싸움에 휘말리고야 만다.

　"아니, 도대체 왜 그래, 왜왜왜!"

　사실 오늘의 다툼도 늘 그렇듯 별다른 이유는 없었다. 오랫동안 계속된 우울감에 이제는 무뎌진 엄마와, 이를 지켜보기 힘들어하는, 마음은 착한데 조금 욱하는 아빠 사이에서 나와 동생은 살아왔다.

어릴 적에는 잘 몰랐는데 이제는 조금 알 것 같다. 아빠 따라 고향 연천을 떠나 강화도로 오게 된 엄마가 느낀 상실감과 우울감, 그리고 가족들을 부양하려 엄마의 아픔도 잊고 열심히 카센터 일에 매진한 아빠의 노력을 말이다.

어릴 적 내 기억 속의 엄마는 늘 누워 있었다. 엄마가 아무것도 먹지 않고 아무것도 하지 않는 것이 어린 내 눈에는 익숙했다. 어쩌다 엄마가 무얼 하면 그 모습이 이상하게 느껴질 정도였으니 말이다. 그렇게 우리 중 누구도 엄마가 아프다는 것을 크게 의식하지 못했다.

아빠의 하루는 늘 바빴고 장비 소리들로 요란스러웠다. 카센터에서 식사까지 거르고 밤낮으로 여기저기 고장 난 자동차들을 살피며 뚝딱뚝딱 고쳤다. 마음까지도 바빠서 그랬을까. 차근차근 설명하기보다는 짜증 섞인 말투로 대답하는 날이 더러 있었다. 그래서인지 아빠와 나는 늘 가깝고도 멀었고, 멀고도 가까운 사이에 그쳤다.

내가 어른이 되면서 더 이상 일방적으로 화를 내는 아빠와 고개 숙여 듣는 엄마를 그대로 보고만 있을 수 없었다. 암만, 그럴 수 없지. 그래서 중재하고자 나섰지만 역시나 나는 히어로가 아니었다. 패기롭게 등장하지만 번번이 실패했고, 내상까지 입었다.

그렇게 꽁꽁 언 빙판 위에 선 듯한 우리 가족 사이로, 햇살이 빛나던 4월 보리가 왔다. 누구 한 명 발을 잘못 내디뎠다가는 살얼음판처럼 와장창 깨질 듯 아슬아슬했던 우리 집. 그런 우리 형편을 잘 아는 이웃집

봄날의 보리를 아시나요

삼촌의 깜짝 선물이었다. 까맣고 하얀 털 사이에서 유난히 눈빛이 빛났던 보리가, 쭈뺏쭈뺏 꿔다 놓은 보릿자루마냥 냉전 속 우리 집 마당에 놓여 있었다.

며칠 전 다툼으로 어색함을 가득 충전한 가족들 사이에서 보리는 어울리지 않게 너무나도 작고 예뻤다. 내 눈에만 귀여웠던 건 아니었는지, 표현이 인색하기로는 원탑인 우리 아빠 입에서 '그랬또요, 우리 보리이-'라는 소리가 심심치 않게 흘러나왔다. 그렇게 갖은 앙증맞음과 애교로 무장한 솜뭉치 보리는 얼어붙은 아빠의 마음을 녹여버렸다.

늘 기운 없던 엄마에게는 자신의 활기찬 신상 에너지를 선보이며 나처럼 뛰어보라고 꼬리를 흔들었다. 그 덕에 요즘 엄마는 보리와 매일 산책하고 함께 산을 오르기까지 한다. 앞서며 뒤서며 응원을 해대는 보리 덕분에 엄마도 봄을 느끼고 있다.

나 또한, 아빠와 벌어진 거리를 보리를 통해 좁혀가고 있다. 여전히 우리는 가끔 투덕거리지만 결국은 보리 때문에 웃고야 만다. 그렇게 오랫동안 그치지 않는 눈폭풍 사이에서 길을 헤매던 우리 가족에게, 보리는 어느 날 뿅 하고 나타나 봄을 안겨주었다. 저녁이면 함께 식탁에 모여 보리 이야기로 웃음꽃을 피우고, 그럴 때마다 자연스럽게 대화를 이어나가는 아빠를 보면 나도 모르게 웃음 짓게 된다.

논두렁을 뛰어놀다 진흙 범벅이 된 채로 힘차게 달려오는 보리를 보며 엄마가 웃는다. 엄마는 보리가 따뜻한 봄볕 아래 잠자는 모습도 예쁘고, 심지어 똥 싸는 모습까지 예쁘단다.

요즘 엄마는 보리 덕에 세상으로 한 걸음씩 나아가고 있는 중이다. 이웃분들과 보리 이야기를 하며 웃고, 카페에도 나가 차 한잔 하며 보리 생각에 또 한번 웃는다. 이제야 우리 집에 든 봄날 햇볕이 따스하게 느껴진다. 보리를 통해 새싹이 돋고 꽃이 피는 봄을 온몸으로, 온 마음으로 만끽하고 있다.

보리야, 우리에게 와줘서, 봄을 안겨줘서 고마워. 넌 우리 집 진짜 히어로, 강화도 최고의 머드콜리야!

숨바꼭질

어릴 때부터 그랬다. 시장에 가셨던 엄마가 오는 걸 보면 동생과 나는 이 방, 저 방에 몸을 숨기고 히죽거리곤 했다.

지금도 남편과 레오가 산책을 갔다가 돌아올 시간이 되면 꼭 어딘가에 숨고 싶다. 드레스룸이나 팬트리룸에 숨는 편인데 그곳에 숨어서 문틈 사이로 레오의 행동을 관찰할 때가 아주 꿀맛이다. 자꾸 웃음이 삐져나와 두 손으로 입을 막아야 할 정도로 나 홀로 긴장감이 넘친다.

이윽고 삐리릭 문소리가 나고 레오가 뛰어들어와 나를 찾느라 정신이 없다. 이리저리 발소리를 내며 찾다가 내가 숨은 곳 앞에 앉아서 코를 한껏 킁킁거리는데, 역시 개 코는 개 코다. 확신에 찬 레오는 내가 숨은 곳 앞에 자리를 잡고 앉아서 기다리는데 그 모습이 너무나도 사랑스럽다.

남편과 함께 나가는 산책길에서도 틈틈이 기회만 되면 숨는다. 남편과 레오가 앞서면 옆길로 빠지거나 나무 뒤에 숨는데, 이를 놓칠 리 없

는 레오는 나와의 거리를 짧게 유지한다.

　나와 남편 둘 다를 알뜰히 챙기는 레오가 얼마나 사랑스러운지, 그 마음이 얼마나 예쁜지 나는 매일 감동한다. 레오의 행동 하나하나에 의미를 심고 감동하는 나는 오늘도 행복하다 말한다.

　오늘은 어제보다 더 사랑한다. 나의 레오.

슬픔은 매너가 없다. 올 거면 미리 알려주던가. 가까이 왔으면 깜빡이라도 켜던가. 어떤 신호도 없이 갑자기 찾아와선 평범했던 일상을 한순간에 무너뜨리고 만다. 그날 오후 3시, 콜린이와 함께한 산책이 우리의 마지막이었다.

고작 1년 반의 삶이었다. 16년을 함께했던 태백이를 보내고 꼬박 1년이란 시간을 가족 모두가 아파했다. 아프고 슬프다는 말로 다 표현할 수 없는 어마어마한 슬픔으로부터 우리를 따뜻하게 위로하고 감싸준 존재, 콜린이마저도 떠나보내고 집안엔 또다시 어둠 같은 슬픔이 찾아왔다.

"우리…… 유기견을 데려와서 키우는 건 어떨까? 가여운 아이들의 삶을 돕고 싶은 마음이 드네."

이미 한차례 지독한 슬픔을 겪어서였을까. 아빠의 말에 가족 모두 동의하며 유기견 보호소를 찾기 시작했다. 마치 미션과도 같았다. 슬픔에 허우적거리지 않기 위해 이 미션에 집중해야 했다. 유기견으로 등록된 아이들 중 콜린이와 같은 종인 보더콜리를 찾자! 우리가 할 수 있는 일은 그뿐이었다.

엄마와 함께 보호소에 도착해 직원 안내에 따라 견사로 들어갔다. 우리의 인기척에 가여운 아이들이 일제히 왕왕 짖기 시작했다. 마치 나를 좀 봐달라는 듯이.

2평 남짓 되는 견사마다 다섯 아이가 모여 있었다. 추정 나이보다 유난히 작은 체구의 보더콜리도 온 힘을 다해 짖었는데 그 눈빛에서 두려움이 보였다. 파양 가능성을 최소화하려고 직원은 견사 앞에서 이 아이에 대한 단점을 나열하기 시작했다. 다른 강아지들과 싸움이 난 적도 있고, 한번은 사람을 물 뻔도 했다고, 그래도 괜찮겠냐고 했다.

며칠간 보호소와의 연락이 계속됐다. 우리 또한 강아지를 입양하기에 적합한지 증명해야 했다. 가족 구성원에 대한 정보와 주 양육자가 누구인지, 집의 형태와 강아지가 아플 때 병원비를 얼마까지 낼 수 있는지를 확인했고, 우리는 주변 산책로 사진도 찍어서 보냈다.

가족 모두와 함께 다시 보호소를 찾았다.

"음, 충분히 감당할 수 있겠는데?"

아빠의 한마디에 결정이 났다. 그래, 같이 가자. 함께하자 우리.

집으로 데려와 씻겨주는데 눈물이 왈칵 났다. 아니, 세상에. 적게 추정하기는 이제 한 살 반, 많게는 세 살쯤 되었다는 아이의 몸집이 작아도 너무 작았던 것이다. 겁을 잔뜩 먹은 강아지는 귀를 내리고, 허리를 둥글게 말아 꼬리를 숨긴 채 손을 내밀었다. 내 비록 겁은 먹었지만, 우리 친해져 보자는 듯이. 사랑스럽기도 하고 안쓰러운 녀석을 만져주자 곧 긴 잠에 빠졌다. 보호소 직원분 말에 따르면 아이들이 새로 입양을 가면 한동안 잠만 잔다고 한다. 따뜻한 온기가 얼마나 그리웠던 걸까. 엄마 옆에 붙어 자면서 드르렁드르렁 코를 골기 시작했다.

오래 행복하게 살기를 바라는 마음으로 '장수'라는 이름을 붙여주었다. 장수는 어느 지역의 작은 휴게소에 묶여 있던 아이다. 오가는 아저씨들로부터 캔으로 맞기도 했고, 날아오는 담배를 피하기도 했다. 그날의 기억들 때문인지 캔 따는 소리에 소스라치게 놀라 도망도 못 가고 그 자리에 얼음이 되어버리는 장수를 보면 가엾고 마음이 아프다.

염려와 달리 장수는 온순한 편이었다. 지금까지 키웠던 다른 강아지들보다 수월하다 느낄 만큼. 단 하나, 사회성이 부족했다. 강아지 운동장에 데려갔더니 가족들 주위로 오는 강아지들을 경계했고 으르렁댔다. 상주하는 훈련사님의 말로는 유기견들의 특징이라고, 시간이 지나면 점차 괜찮아진다고 했다. 정말 시간이 약이 되었고, 이제는 친구들과도 사이좋게 지낸다.

장수와 함께하면서도 콜린이가 보고 싶은 날이 있다. 우는 내 곁에 기대는 장수의 따뜻한 온기는 곧 위로가 되어준다. 강아지를 잃은 슬픔

상처받은 마음엔 빨간약을 처방합니다

은 여전히 남아 있지만, 우리는 오늘도 장수와 함께 산책하며 웃는다. 산책하는 삶을 다시 살 수 있어서, 강아지와 함께여서 행복하다고 말한다. 장수와 이 따뜻한 온기를 오래도록 나누고 싶다.

장수야, 우리를 가족으로 받아줘서 너무 고마워. 앞으로도 잘 부탁해!

길 위의
고구마

시골에서 제2의 꿈, 농부의 삶을 시작한 엄마에게서 연락이 왔다.

"딸, 인사해. 우리 집 막내야."

엄마가 보낸 사진 속에는 이제 태어난 지 두 달도 안 된 것 같은 어린 강아지가 있었다. 엄마 집에 또 한 마리의 강아지가 사연을 안고 들어온 것이다. 이제 안 한다더니.

고구마 농사를 자그맣게 지은 엄마와 아빠가 택배를 부치기 위해 우체국으로 향하던 길이었다.

"저기 저거, 강아지 아니야?"

어느 건물 뒤편, 이제 막 눈을 뜬 듯한 어린 강아지 목에는 케이블타이가 목줄을 대신하고 있었고, 1미터 남짓의 운동화 끈에 묶여 있었다. 누군가 밥을 주기는 했던 모양인지 밥그릇을 대신하던 햇반 용기는 텅텅 비어 있었고, 주변에 사료 샘플 봉지가 나뒹굴고 있었다.

다가오는 아빠를 향해 이 강아지는 좋다고 온몸으로 꼬리 치며 매달렸다. 제발 나 좀 데려가라는 듯이. 누가 이렇게 강아지를 키우냐고, 이대로 두면 목 졸려 죽는다며 화가 난 아빠는 강아지를 데리고 가자고 했다. 아빠 품에 안긴 강아지는 사람의 온기에 편안함을 느꼈는지 꾸벅꾸벅 졸기 시작했다. 함께 우체국으로 들어간 엄마는 이 강아지 주인을 아느냐고 물었고, 직원이 주인에게 전화를 걸었다.

"아저씨, 이 강아지 제가 데려가고 싶은데요. 얼마 드리면 되나요?"
"우체국에 만 원 놓고 가세요. 그럼."

만 원. 햇반 용기를 밥그릇 삼고, 물그릇 하나 없이 운동화 끈에 묶여 살던 이 아이의 생명 값은 만 원이었다. 씁쓸하게 만 원을 올려두고 엄마와 아빠는 제일 먼저 동물병원을 찾았다. 예방접종을 하고 새끼 강아지용 사료를 사면서 오늘 고구마 판 돈보다 더 썼다며 함께 웃었다.

지금까지 우리 집 동물 친구들의 이름은 엄마가 지었는데 이 아이의 이름도 그랬다. 고구마 팔러 갔다가 만난 아이, 우리 집 막내, 귀여움을 담당하고 있는 이 아이의 이름은 고구마다. 고구마는 엄마 품을 쉬이 떠나지 않는다. 어디를 가나 엄마를 졸졸졸 따라다니며 잠잘 때도 엄마

품을 파고든다.

　따뜻한 집에서 시간마다 주는 밥을 먹으며 무럭무럭 자라던 어느 날
이었다. 쭉 뻗어 있던 고구마의 앞다리가 O자형으로 휘어버렸고, 걸음
걸이도 이상해졌다. 놀란 엄마는 서둘러 고구마를 데리고 병원으로 갔
다. 검사 결과, 구루병이었다. 비타민이나 칼슘, 햇빛 공급을 제대로 받
지 못해 생긴 병이라고 했다. 주사와 약을 처방받은 고구마는 다행히
구루병을 이겨냈고 튼튼한 다리로 엄마 집을 휘젓고 다니고 있다.

이제 집에 동물을 더 들이지 않겠다고 말하던 엄마는 여전히 마당에 오는 고양이들의 캣맘이며, 동물 관련 프로그램은 슬퍼서 보지 못하는 정 많은 분이다. 가을밤이 제법 쌀쌀하다며, 마당 한쪽에 고양이용 비닐하우스를 뚝딱뚝딱 만들어내시는 분은 나의 아빠고.

나는 마음이 참 따뜻한 부모를 가졌다.

날아라!
어거스트

"카톡"

새벽 내내 손에 쥐고 있던 휴대폰이 드디어 울렸다. 병원이었다. 어거스트의 사진을 함께 보내주었는데 다행히 밝은 표정이다. 아, 정말 다행이다. 이제 살 것 같다.

그날도 남자친구와 나, 그리고 어거스트는 열정의 산책을 마치고 집으로 가고 있었다. 오늘도 이 어려운 일을 해낸 나 자신을 대견해하는데 앞서 걷는 어거스트의 걸음걸이가 어딘지 이상하다.

'아까 너무 신나게 놀다가 삐었나?'

걱정스러운 마음에 바로 동네 병원으로 갔다. 엑스레이를 찍었으나

언제든지 내게 힘껏 달려와줘

별다른 이상이 발견되지 않았다. 정말 괜찮은 걸까, 우리 어거스트?

한동안 괜찮던 다리를 어제부터 다시 절기 시작했다. 혹시, 어거스트와 가족이 되던 날부터 염두에 두었던 보더콜리 유전병, 고관절 이형성증인 건 아닐까. 인터넷에서 관련 정보를 찾기 시작했다. 증상과 진단, 수술 방법과 후기, 그리고 재활까지. 고민 끝에 수술 경험이 많은 병원을 선택해 진료 예약을 했다. 후, 아니면 좋겠다.

병원으로 가는 길. 차멀미를 하는 가여운 내 강아지는 토하느라 정신이 없다. '거의 다 왔어'를 반복하며 끄억끄억대는 어거스트의 등을 쓸어내려줄 뿐 내가 해줄 수 있는 일이 없다.

검사가 시작되었다. 어거스트를 의사 선생님 품에 안겨 보내고 1시간쯤 지났을까. 마취에서 아직 깨지 못한 어거스트가 다시 안겨서 나왔다.

"진료실로 가시죠."

어딘가 불안한 마음, 뒤숭숭한 마음에 남자친구의 손을 꽉 잡았다. 괜찮겠지.

나의 바람과는 달리 어거스트는 고관절 이형성증이었다. 특히 오른쪽 다리는 수술 권고에 해당하는 수치였는데, 의사 선생님은 충분히 생각해보라고 했다. 그간 고관절 이형성증에 대해 어느 정도 공부를 했다. 자기 뼈로 수술할 수 있는 최적의 시기였고, 이 시기가 지나면 인공관절을 삽입하거나 골두 제거 수술을 해야 한다. 결정해야 했다.

"수술, 하겠습니다."

3월 4일, 골반 세 군데를 절단해서 플레이트를 박고, 그 사이에 뼈가 자랄 때까지 기다리는 TPO수술을 했다. 3시간여의 큰 수술을 잘 견뎌낸 내 강아지, 어거스트의 사진을 보며 길고 긴 11일을 보냈다. 입원 중엔 면회 금지였다. 수술 직후 가장 중요한 10일간은 가족들을 보고 신나서 뛰거나 흥분하면 안 되므로, 보고 싶은 마음을 꾹꾹 누르며 참았다. 매일 밤, 휴대폰 속 어거스트 사진을 보며 우리 다시 함께할 그날들을 떠올렸다. 다시 함께 뛰고, 다시 함께 웃을 날들을 수없이 그렸다.

다시 찾은 병원, 심호흡을 크게 했다. 울지 말자. 너무 반가워도 하지 말자. 병원 문을 열자 의사 선생님 품에 어거스트가 안겨 있었다. 멀미가 심한 어거스트를 위해 병원에서 미리 멀미약을 먹였다고 한다. 쿵쾅대는 나의 하트 비트를 진정시키고 침착하게 어거스트와 인사를 나눴다. 너무 보고 싶었어, 진짜.
집에 도착해 넥카라를 한 어거스트를 1미터 줄에 묶었다. 다시 생각해도 마음 아프고 길었던 그 시간들. 뼈가 바르게 자라나도록 1개월간은 움직임을 최소화해야 한다. 매일 산책하며 뛰었던 어거스트의 삶이 1미터 줄에 묶인 삶으로 변했다. 가끔은 히웅히웅 소리를 내기도 했지만, 기특하게도 잘 버텨주었다.
1개월의 시간이 흐르고 첫 산책. 오늘은 3분으로 정했다. 우리 집에는 엘리베이터가 없어서 5층에서 1층까지 20킬로그램의 어거스트를 안고 오르락내리락했다. 비록 인중에 땀은 찼지만, 승모근이 바짝 섰지만, 그래도 행복했다.

수술 후 6개월이 되었다. 정기적으로 병원에 가서 경과를 확인하는데, 다행히 뼈가 잘 자라났고 우리는 다시 함께 산책하는 삶으로 돌아왔다. 얼마 전에 남자친구와 나 그리고 어거스트는 여행을 다녀왔다. 보랏빛 하늘 아래 넓게 펼쳐진 잔디 위에서 어거스트와 함께 뛰었다. 나는 내게 주어진 이 시간이 얼마나 소중한지, 아름다운지 잘 안다.

우리가 늘 함께 집으로 돌아가기를, 이 3개의 그림자가 오래도록 그려지기를 바라본다. 사랑해, 나의 강아지, 나의 어거스트.

너와 함께한
493일

3개월이 지났다. 집 안을 가득 채우던 따뜻한 온기가 사라지고 우리는 다시 둘이 되었다.

나를 세상에서 가장 행복하게 해주던 레오를 잃은 뒤 모든 것이 멈췄다. 원고를 쓰는 일도, 그림을 그리는 일도. 레오가 있어 행복하다고 적어둔 글 뒤에 이 슬픔을 어떻게 적어야 할지 모르겠다. 여전히 그날을 생각하면 견딜 수가 없다. 내가 왜 그랬을까. 레오는 또 왜 그랬을까.

8월 24일 토요일. 평소와 달리 7시가 되기도 전에 눈을 떴다. 주말 아침은 남편이 산책을 시키는데, 일찍 깬 김에 내가 다녀오기로 했다. 레오는 아침부터 신이 났다. 우연히 레오의 동네 친구를 만났고 집 근처 공원으로 함께 갔다. 주말마다 함께 산책하시는 분이 있다고 해서 짧은 인사를 나누고, 잔디에서 함께 놀게 했다. 줄을 놓아준 지 2분도 채 지나지 않아서였다. 공원에서 처음 만난 강아지에게 레오가 다가갔고, 그 강아지가 공원 밖으로 뛰었다. 뒤따라 레오가 뛰었고, 나도 뛰었다. 공원 앞에는 도로가 있다. 레오의 이름을 부르는 내게 신호에 걸려 있던 택시 아저씨가 소리를 질렀다.

"강아지 여기 있어요!"

내가 서 있는 반대 길에 있다고 하기에 나는 레오가 길 건너편에 있다는 줄 알았다. 가리키는 손길을 따라 시선을 움직여보니 레오가 길가에 누워 있었다.

어떻게 길을 건넜는지는 기억이 나지 않는다. 도로에 누워 있는 레오를 안아서 인도에 올려두고 떨리는 손으로 남편에게 전화를 걸었다. 그리고 울부짖었다. "여보, 레오가 죽었어. 레오가……"

레오의 몸은 아직 따뜻했다. 잇몸은 하얗게 변했고, 심장이 뛰지 않았다. 저 멀리 남편이 달려오는 게 보였다. 자다가 일어나서 달려오는 남편이 하얗게 질려 있었다. 달려온 남편은 내게 괜찮다고 하며 레오에게 인공호흡을 했다. 나는 절규하듯 울며, 어떻게 하냐고 몇 번이고 바닥에 무릎을 꿇었던 것 같다. 지나가는 차를 잡았다. 제발 저희를 병원까지 태워달라고 애원했다. 트럭 한 대가 우리 앞에 섰고, 우리를 근처 병원에 데려다주었다.

병원에 도착했다. 남편은 레오를 안고 들어갔고, 곧 의사 선생님이

밖으로 나왔다. 그리고…… 남편의 절규하는 소리가 병원을 가득 메웠다. 그렇게 레오는 우리 곁을 떠났다. 우리와 493일을 함께하고 별이 되었다.

언젠가는 다가올 슬픔이었다는 것을 안다. 하지만 이렇게 빨리, 이렇게 갑자기일 줄은 몰랐다. 레오를 보내고 우리는 물밖에 먹을 수 없었고 쉬이 잠들 수 없었다. 눈을 뜨면 레오가 살아 있을 때 생각이 나고, 눈을 감으면 사고 나던 때가 생각 나서 괴로웠다. 모든 힘을 짜내어 악을 쓰듯 울었다. 나는 이제 어떻게 살아야 하나, 무엇을 하며 살아야 하나. 네가 없는데 무엇이 의미가 있을까 하며.

레오를 보내고 깨달았다. 지금까지 내 삶은 너무나도 순탄했음을. 이런 슬픔을 겪어본 일이 없었으니 얼마나 행복한 삶이었던가. 행복이 사라진 자리를 슬픔과 괴로움이 채웠다. 끝없이 좌절했고, 내 자신을 탓했다. 줄을 놓지 않았더라면, 산책을 나가지 않았더라면, 그날의 모든 순간을 마치 내가 히어로가 된 것처럼 막아냈다면 얼마나 좋았을까.

우리에게 다른 미래가 있었다면, 내 곁에 레오가 있다면, 그런 레오를 만질 수 있다면 무엇이든 할 수 있을 것 같았다. 돌이킬 수 없는 시간을 수없이 돌이켜보았다.

남편도 큰 슬픔에 빠졌다. 늘 자신감 넘치던 남편의 말이 잊히지 않는다. 레오가 없으니까 세상을 어떻게 살아야 할지 자신이 없단다. 매일 아침 침대에 걸터앉아 양말을 신을 때면 늘 곁에 와서 앉던 레오가 보고 싶다고 우는 남편이 가엾다. 출근길, 퇴근길에 홀로 차 안에서 우는 그가 안쓰럽고 미안하다. 남편은 그저 사고였고 내 잘못이 없다고 하지만 행복한 삶을 한순간에 망쳐버린 것 같아서 죄스럽고, 슬프다. 가장 힘든 일은 보고 싶은데 볼 수 없다는 것이다. 주인 잃은 장난감들은 빛을 잃었고, 소란했던 집 안은 적막해졌다.

지금도 레오가 사고당한 곳을 가지 못한다. 의식하지 않으려 해도 심장이 오그라드는 것 같고, 손이 떨리고 호흡이 가빠진다.

이 모든 게 꿈이었으면 좋겠다. 견딜 수가 없다.

#5

우리 꼭
다시 만나

지금 생각해보면 나와 아내에게 반려견과의 인연은 '우연'이자 '필연'이었던 것 같다. 서로를 만나기 전까지 개와의 인연을 찾아볼 수 없었던 우리 둘에게 반려견과의 만남은 처음부터 좀 특별했기 때문이다.

아내와 연애 3년 차쯤 접어들 무렵이었다. 아내에게는 한 살 터울의 언니가 있었는데 나와는 동갑으로 가끔 밥이나 술을 같이하며 친하게 지냈다. 당시 아내의 언니는 자취 생활을 하고 있었는데, 함께하던 강아지가 건강 문제로 죽음을 맞이하면서 심각한 '펫로스 증후군'을 앓게 되었다. 날이 갈수록 심각해지는 언니의 우울증 증상에 가족들의 걱정은 커져만 갔고, 언니 집에 자주 들락거리던 아내는 결국 본가에서 나와 언니와 함께 지내게 되었다.

그렇게 언니와 동거를 시작한 아내는 어느 날 갑자기 강아지 한 마리를 입양하려 한다는 이야기를 나에게 넌지시 건넸다. 강아지를 하늘

나라로 보낸 언니를 생각해 새로운 가족을 찾아주고 싶다는 애기였다. 새로운 가족이 될 강아지의 최우선순위는 무엇보다 건강이었다. 그렇게 집으로 오게 된 게 '홍시'였다. 강아지는 엄마 젖을 떼는 시기가 늦을수록 건강하다는 말에 홍시는 가족 품에서 한 달간 더 보살핌을 받은 뒤 데려오기로 했다.

하지만 뜻밖의 상황은 예고 없이 찾아왔다. 홍시의 입양 소식이 전해지기도 전에, 언니가 걱정됐던 어머님이 시골에서 '까미'라는 강아지를 삼촌을 통해 서울로 올려보낸 것이다. 홍시가 오기 이틀 전 일이다. 문제는 여기서 끝이 아니었다. 엎친 데 덮친 격으로 언니가 갑작스러운 회사 일로 장기간 서울을 떠나야 하는 상황이 되었다.

언니의 마음을 달래주기 위해 벌였던 일들이 나비효과를 일으키자 아내는 멘붕에 빠졌다. 대학 때도 겪어보지 않았던 자취 생활을 하게 된 데다가, 동시에 두 마리 강아지의 엄마가 된 것이다. 이 시기부터 내 삶도 변화하기 시작한다. 부모님과 함께 살던 집에서 나와 때아닌 동거를 시작한 것도 모자라, 내 삶에서 상상조차 해본 적 없는 '개 아빠'로서의 삶이 시작된 것이다.

하루아침에 홍시, 까미와 함께하는 다견 가정이 되면서 가장 필요했던 것은 반려견에 대한 기본 지식을 쌓는 일이었다. 보더콜리라는 견종은 유전병 등 고질적인 질환이 많아 여러 가지 공부가 필요했다. 나보다는 특히 아내가 더욱 열정적이었는데, 사료 하나를 선택하는 데도 심혈을 기울였고 홍시에게 친구를 만들어주기 위해 낯선 사람들과의 만

남도 서슴지 않았다.

그렇게 10개월쯤 지났을까. 홍시의 부모견 가족들로부터 오랜만에 연락이 왔다. 홍시와 함께 태어나 다른 집으로 입양 갔던 아이가 가족들에게 사정이 생겨 새로운 입양처를 찾고 있다는 소식이었다. 연락을 받자 문득 홍시의 동배를 보고 싶다는 생각이 스쳤다. 홍시 동생은 어떻게 컸을지 궁금하기도 하고, 홍시의 활동량을 따라가지 못하는 까미보다 어쩌면 더 좋은 친구가 되어줄 수 있지 않을까 하는 생각이 들었다. 물론, 아내는 현실적으로 세 마리를 키울 여력이 없다며 신중한 결정을 당부했다.

그렇게 '빠삐용'을 처음 만났다. 처음 본 빠삐용은 홍시와 동배라고 믿을 수 없을 정도로 체구가 큰 아이였다. 홍시와 빠삐용은 자기네들이 자매라는 것을 아는 것마냥 금세 장난을 치며 놀기 시작했다. 서로 다른 외모와 체구에도 너무나 잘 노는 아이들을 보며 나는 이미 빠삐용을 데려오기로 마음먹었다. 당시 아내는 내가 빠삐용을 보자마자 너무 좋아해서 데리고 올 수밖에 없었다고 말하지만, 그 이유 말고도 운명적인 만남임을 직감했다고 한다. 그렇게 빠삐용도 우리 가족이 됐다.

홍시, 까미, 빠삐용과 살면서 강아지를 사랑하는 많은 반려견 가족과 함께했다. 매력둥이 홍시, 빠삐용, 그리고 까만 눈망울을 가진 까미를 보며 사람들은 아이들 이름의 앞글자를 따 우리를 홍·까·빠 가족이라고 불렀다. 반려견 세 마리를 키우면서 나와 아내도 많은 변화를 겪었다. 조금 더 넓은 집으로 이사를 했고, 반려견 훈련에 대한 공부를 시작

위대한 가족의 탄생

했으며, 나 같은 경우에는 관련 직장으로 이직을 선택하기도 했다. 어느 순간 나와 아내의 삶에 반려견 세 마리의 삶이 함께 흐르고 있다는 생각이 들었다. 결혼 이야기도 이때부터 본격적으로 진행됐다.

하지만 반려견과의 삶이 모든 순간 행복만을 가져다주지는 않았다. 우리는 반려견과 함께하는 이들이 겪어야 하는 가장 슬픈 하루를 생각보다 빨리 겪었다. 빠삐용은 우리 가족과 4년이라는 짧은 시간을 함께하고 갑작스럽게 곁을 떠났다. 아이들과 함께했던 휴가에서 복귀한 바로 다음 날이었다.

전날까지만 해도 산과 들을 마구 뛰놀던 빠삐용은 집에 돌아온 뒤부터 밥을 먹지도, 뛰지도 못했다. 병원에서는 정확한 원인을 찾지 못했고, 큰 병원으로 옮겨 입원 치료를 시작한 이튿날 결국 빠삐용은 별이 되었다. 빠삐용이 별이 된 날, 소식을 어떻게 알았는지 이웃 견주들이 찾아와 빠삐용의 가는 길을 함께해주었다. 많은 친구들이 함께해줘서 빠삐용 또한 가는 길이 외롭지 않았을 것이라고 생각한다.

빠삐용이 별이 되기 몇 달 전, 친한 견주로부터 '릴리'라는 아이의 입양 제의를 받은 적이 있다. 당시에는 이미 세 마리의 반려견과 함께하는 상황에서 네 마리는 무리가 있다는 판단에 좋은 보호자를 찾아보겠다며 고사했었다. 하지만 계속해서 릴리의 가족은 나타나지 않았고, 입양을 희망하는 사람들도 릴리가 있는 광주까지 찾아갈 생각은 하지 않았다. 결국 좋은 가족들을 찾아주기 위해서라도 서울에 있는 게 좋겠다는 판단하에 릴리는 당분간 우리 집에 임시보호 형식으로 오게 됐다.

신기한 건 홍시, 빠삐용, 까미가 릴리를 자기 자식처럼 생각하는 듯

했다는 점이다. 유독 릴리를 아꼈던 건 빼삐용이었다. 이제 와서 얘기지만 빼삐용이 릴리를 보내준 것 같은 느낌을 지울 수가 없다. 그렇게 릴리는 임시보호가 아닌 우리의 평생 가족이 되었다. 현재 릴리는 빼삐용의 빈자리를 메우며 빙구미를 뽐내는 막내 역할을 톡톡히 해내고 있다.

11월로 예정된 우리 결혼식에는 '홍시'가 반지를 들고 식장에 입장할 예정이다. 식장 측과는 얘기가 끝났는데 홍시가 잘 해낼지는 미지수다. 조금 미숙해도 나름 재미있을 것 같다. 아이들과 함께하며 점점 성장하는 우리 가족의 모습을 모든 사람들에게 보여줄 수 있는 시간이 될 것 같아 내심 기대가 된다.

이제는 이 행복을 더 크게 만들 때가 아닌가 싶다. 빼삐용에게 주지 못한 사랑을 남은 아이들에게 더 많이 퍼주고 싶은 마음이다. 뛰는 게 가장 신나는 릴리와 물놀이를 좋아하는 홍시, 무릎강아지 까미의 눈에 아름다운 건 뭐든지 담아주고 싶다.

행복이 넘치는 다둥이 가족, 사람들은 우리를 '홍 · 까 · 빼 · 릴 가족'이라고 부른다.

그해 여름도
가고

더 이상 매미가 울지 않았다. 어느 새 이파리들은 울긋불긋하게 물 들었고, 불어대는 바람을 못 이겨 바닥으로 떨어졌다. 낙엽 하나가 발아래로 굴러온다. 서러웠다. 레 오가 없는데 가을이 왔다는 사실 에 마음이 저리고 목이 메게 서러 웠다.

우유를 사러 나온 길이었다. 매 일 레오와 산책하고 집으로 돌아 가기 전 함께 앉아 있던 자리를 쳐 다보지 않으려 애써 바닥만 보며 걸었다. 고개를 들면 온통 레오와 함께하던 추억의 장소들이다. 보면 눈물이 날 테고. 후, 더 이상 울고 싶지 않았다. 최선을 다해 피하고 싶었다. 레오의 사진첩을 들여다보지도 않았고, 레오가 간 후에도 매일 두 번씩 갈아주던 물통도 없앴다. 슬프고 싶지 않아서 슬픈 영화나 드라마도 보지 않았다. 무조건 웃기고 유쾌한 것들만 찾았다.

그런데 이 낙엽 하나가 결국 나를 울려버린다.

소란하고 뜨거웠던 여름이 내게서 점점 더 멀어져간다고 인사를 건넨다. 거실에 간이 풀장을 만들고 거실을 온통 물바다로 만드는 레오를 그저 사랑스럽게 바라보던 우리는 다시 둘이 되었다. 남겨진 우리에겐 오직 슬픔만 남았고, 슬픔은 오롯이 우리의 몫이었다.

참 많이도 울었다. 출근길, 퇴근길에 운전대를 잡고 울었다는 남편, 레오가 늘 앉아 있던 자리를 쓰다듬으며 우는 나. 이 슬픔엔 정도가 없었고, 답이 없었다. 다음 여름에 우리 캠핑 가보자, 다음에 독채 팬션 빌려서 며칠간 지내다 오자, 다음에, 다음에……

다음은 없었다.

이 슬픔의 위로는 레오만이 해줄 수 있을 것 같다.

아무리 생각해도 우리에겐 레오가 필요하다.

이제 그만, 돌아오렴.

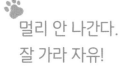

멀리 안 나간다.
잘 가라 자유!

눈을 정확히 반만 떴다. 이것은 아침인가, 낮인가. 나는 서둘러 일어날 필요가 없는 직업을 갖고 있다. 7년 다닌 회사를 그만두고 아직 이불 속에서 꼼지락대는 미래가 창창한 백수. 머릿속으로 오늘의 할 일을 계획해보는데……. 그렇다. 오늘도 마땅히 할 일이 없다.

회사를 그만두고 며칠은 좋았다. '아침마당'을 보며 세상 온갖 정보들을 섭렵할 수 있었고, 채널을 돌리다 시대를 뛰어넘어 '전원일기'까지 볼 수 있었으니 말이다. 심심할 때면 동네 친구를 만나 마음껏 수다를 떨면서 오후 시간을 보냈다. 그것도 하루 이틀이었다. 야근이 잦은 남편은 해가 지고, 달이 뜨고, 이웃집 거실 불이 하나둘 꺼져갈 때쯤 집으로 돌아왔다.

혼자 있는 시간이 필요했는데 길어도 너무 길었다. 쉼이 필요하다고 생각했는데 목적 없는 쉼이 이토록 지루할 줄은 몰랐다. 텔레비전을 끄면 똑딱거리는 시계 소리와 한숨만이 집 안을 채웠다. 삶의 여백은 내 마음을 점점 더 공허하게 만들었고, 감정 주머니엔 우울만이 남았다.

"여보, 강아지 말이야. 이제 키워도 되지 않을까, 우리?"

결혼 후 7년간 우리는 강아지를 좋아하지만 선뜻 키울 수 없었다. 나 하나 외롭다고 강아지를 퇴근 시간까지 외롭게 할 순 없다면서 참아왔다. 하지만 이제는 참을 이유가 없다. 이 집에 백수가 있지 않은가. 나의 외로움을 채워줄, 우울감을 날려줄 귀염둥이가 필요하다.

SNS를 검색하던 중 가정 분양을 준비하는 분을 발견했다. 알 수 없는 이끌림에 메시지를 보내고 3주 후, 강아지를 만나러 갔다. 새끼 강아지들 사이에서 한 마리가 남편을 향해 꼬물꼬물 기어왔다. 그 꼬물이가 바로 나의 바니다. 그날 우리는 바니에게 간택당했다고 생각하고 있다.

바니를 집에 데려오기까지 드디어 일주일 남았다. 한 달이라는 시간이 왜 이리도 더디게 가는 건지. 며칠 전부터 시작된 대청소, 오늘은 신발장 청소를 할 계획이다. 아, 그리고 어제 도착한 퍼즐 매트도 깔아야 한다. 그토록 바라던 삶, 강아지와 함께하는 삶이 곧 시작된다. 아마 난 행복할 것이다. 틀림없이.

바니가 집에 오고 정확히 이틀 만에 그것이 왔다. 멘탈 붕괴. 엄마를 찾는 건지 밤새 낑낑대고 잠을 자지 않는 통에 남편은 잠을 설쳤다. 바니 곁에서 아무 생각 없이 장난감을 흔들어주고 던져주느라 밤을 꼬박

샜더니 정신이 몽롱하다. 잠깐 이런 거겠지, 다 지나가겠지. 설마 영원히 이런 건 아니겠지.

분명 귀여운 생명체였다. 사랑스러운 생김새를 가진 요 녀석은 내가 집을 비우면 큰일이라도 나는 줄 아는 걸까. 집 안에서 깡깡 짖어대는 통에 5분 거리의 마트를 갈 수도, 친구를 만날 수도 없었다. 그리곤 나를 깨달음에 이르게 했다. 이 아이가 오기 전 우리 삶이 얼마나 자유롭고 즐거웠는가 말이다. 어느 날 문득 부산에 가고 싶으면 짐 챙겨 떠날 수 있었고, 심야 영화를 보러 늦은 시간에도 집 근처 영화관에 부담 없이 가던 우리 삶은 이제 끝난 건가. 우울증을 극복하려 바니를 데려왔건만, 집 안에 갇혀 사는 꼴이 되어버렸다.

바니가 한 살 될 때까지 자유 없는 삶이 계속되었다. 바니의 분리불안과 함께 산책에도 어려움이 생겨 전문 기관의 도움을 받아 나와 바니의 문제를 고쳐나갔다. 우리에겐 잘못 형성된 관계를 바로잡고 신뢰를 쌓아가는 시간이 필요했다. 강아지를 키우기 위해서 필요한 건 깨끗한 집, 퍼즐 매트가 아니었다. 강아지에 대해 공부해야 했고 그들의 습성을 이해하고 함께 살기 위한 규칙이 필요했다. 떼쟁이 바니와 함께 배우며 우리는 함께 사는 방법을 터득했다.

바니의 사회성을 바로잡게 되면서 보더콜리 동호회에도 가입했다. 좋은 분들을 만나게 되고 함께 고민하고 이야기를 나누다 보니, 웃음도 많아졌다. 어느새 내 감정 주머니엔 즐거움과 기대감, 그리고 행복이 가득 차게 되었다.

자란다, 자란다, 너와 나의 사회성이 자란다

'삐삐삐삑'

내가 가장 좋아하는 시간이다. 현관문이 채 열리기도 전에 바니가
뛰어가 남편을 맞이한다. 온 힘을 다해 반겨주는 바니를 안으며 남편은
집에 오는 길이 설렌다고 말한다.

우리 집에는 강아지가 산다.

우리 다시
만나

"여보, 준비 다 됐어. 이 캐리어만 닫아주면 끝이야."

준비 없이 떠나는 여행이라면서 가득 채운 캐리어는 쉽게 닫히질 않는다. 여권도 챙겼고, 목베개를 막 팔에 걸던 참이다. 캐리어를 닫은 남편이 거실을 뒤돌아보더니 레오 이름을 부르며 오열하기 시작했다. 슬픔을 외면하고 애써 여행을 기대하는 척했던 우리는 공항으로 떠나기 전, 또 다시 현실을 마주하고 말았다. 이번 일을 겪으면서 안 사실은 남편은 울 때 고라니처럼 소리를 지르며 운다는 것이다. 갑작스럽게 오열하는 남편의 등을 두드리며 말했다. 미안하다고.

"레오야, 네가 죽으면 있잖아? 우리는 바로 스위스로 여행 갈 거야."

우리끼리 자주 하던 말이었다. 레오가 평균수명만큼 살고, 아주 먼 미래에 그 슬픔이 가득한 어떤 날에, 스위스로 여행 가던 우리였다. 원래 여행을 좋아했던 우리는 레오가 온 이후로 이전만큼 여행할 수 없을 거라 생각했다. 레오와 떨어지는 건 상상할 수 없으니까, 나중에 레오가 떠나면 그때 가자고 하던 우리였는데. 이렇게 이별이 가까이 있을 줄 몰랐다.

레오가 떠나고 일주일은 집을 피했다. 아침에 일어나면 백수인 나는 남편을 따라 회사 근처 만화방에 가기도 하고, 카페에서 그림을 그리기도 했다. 퇴근 후엔 맛집을 찾아다녔고, 관심에도 없던 쇼핑을 하기도 했다. 밤 열한 시가 넘어서야 겨우 집으로 들어갔다. 레오가 없는 공허함을 나 홀로 이겨낼 자신이 없었다. 북적거리는 사람들 사이에 숨어 그저 시간이 흐르기만을 기다렸다.

한동안 너무 생각이 나서 힘들었는데 요 며칠은 레오 생각을 하려 해도 기억의 거리가 멀어 흐릿하다. 마음에 새살이 돋는 게 이렇게나 빠르던가 하고 생각하던 찰나. 한쪽 눈이 잘 안 보이기 시작했다. 시야가 뿌옇고 사물이 겹쳐 보여 생활이 불편해졌다. 스트레스 때문일까. 목 안쪽엔 이물감이 가득해서 가슴이 답답하고 소화가 어려워졌다.

어젯밤, 잠자던 남편이 흐느껴 울었다. 꿈을 꿨는데 발밑에 레오 엉덩이가 보였다고 한다. 꿈에서도 레오가 죽었다는 사실을 알았는데, 평온히 발밑에서 자는 모습을 보여줘서 너무 고맙다고 했단다. 우리는 여전히 슬프고 아프다.

적극적으로 슬픔을 피해보기로 했다. 16일간의 유럽여행. 준비하다 보면 조금은 설레지 않을까 했지만 겨우 숙소만 잡아놓고 그렇게 우리는 여행을 떠났다. 12시간의 비행을 마치고 도착한 스위스 취리히. 스위스 여행을 즐겨 하던 우리에게 이처럼 설레지 않는 스위스는 처음이었다.

10월의 그린델발트, 산 위에는 눈발이 날리고 있었다. 가을이 온다고 떨어지는 낙엽에 서글퍼하던 나는 쌓인 눈을 밟으며 자연이 주는

위로를 받는다. 천국이 이런 모습일까? 내가 가장 좋아하는 그린델발트 곳곳을 누비며 레오가 이보다 더 좋은 곳에 있을 거란 생각에 마음이 편안해졌다.

16일간 이곳저곳을 다녔다. 독일 뮌헨에 있는 영국정원이라는 곳에 갔는데, 넓게 펼쳐진 잔디 위로 키 큰 나무들이 하늘을 가득 채우고 있었다. 조용하고 평온한 곳이었다. 곳곳에 강아지와 함께 산책을 즐기는 사람들이 눈길을 끌었다. 저 멀리 보더콜리 한 마리가 나뭇가지를 입에 물고 주인에게 달려와 안기는 모습을 보며 나도 울고, 남편도 울었다. 저 사람은 참 좋겠다 싶고, 레오가 보고 싶고, 안고 싶고, 그 따뜻한 품이 그리웠다.

여행을 하면서 우리는 생각하지 못한 장소에서 레오를 마주했고, 우리가 함께한 모든 시간이 얼마나 아름다웠는지 사진을 꺼내 보며 웃고 울었다. 참 좋은 아이였다고, 이렇게나 착한 아이가 또 있을까 하면서 서로의 마음을 다독였다.

우리가 레오와 함께한 1년 4개월하고 4일의 삶은 정말 모든 순간이 행복이었다. 우리가 헤어지던 그날, 이미 생명이 끊어진 레오에게서 나는 냄새도 바닐라 향이었다던 남편. 그가 얼마나 레오를 아끼고 사랑했는지 느낄 수 있었다. 늘 바닐라 향이 나던 우리 사랑스러운 딸 레오를 언젠가 다시 만날 수 있을 거라 생각한다. 그린델발트보다, 플리트비체보다 비교할 수 없이 더 아름답고 평온한 곳에서.

우리 꼭 다시 만나.

저 다리 너머
폴로에게

"더 이상 해줄 수 있는 게 없습니다. 이제 결정하셔야 합니다."

차가운 공기. 내 눈앞에 힘없이 누워 있던 폴로가 갑자기 고개를 번쩍 든다. 순간 눈빛에 생기가 도는 것 같았다.

2009년 3월 14일, 내 품 안에 작고 예쁜 보더콜리 폴로가 까만 눈을 반짝이며 안겨 있다. 당시 나는 강아지를 잘 몰랐고, 보더콜리는 더 몰랐다. 어떤 자세가 응가하는 자세인지도 구분 못 할 정도로 나는 '강알못'이었다.

퇴근하고 돌아오면 집 안 인테리어가 바뀌어 있었다. 벽지는 새롭고, 장판은 놀랍고, 식탁 의자는 겨우 중심을 잡고 있었다. 어금니를 꽉 깨물다가도 귀를 뒤로 바짝 넘긴 채 꼬리 치는 폴로를 보면 다시 웃게 되었다. 그래도 이 시기가 빨리 지나가길, 폴로가 어서 크길 바랐다.

폴로가 세 살 되던 해 나는 일을 그만두었고, 폴로와 함께할 시간이 많아졌다. 아파트 뒤편의 숲 '폴로와 나의 비밀 정원'에서 함께 계절을 느끼며 보냈다. 얼마나 예쁜 표정을 지어대던지, 내 손은 늘 사진 찍기에 바빴다. 봄이 가고 여름이 오고 계절이 바뀌는 아름다운 풍경을 폴로 덕분에 알게 되었다.

폴로는 똑똑한 강아지였다. 노란 공을 좋아했는데 '노란 공 가져와!' 하면 다른 장난감들 사이에서 기가 막히게 노란 공을 찾아 내 손 위에 올려다 놓았다. 보더콜리는 천재라더니, 그 말이 맞았다. 폴로는 콜라비도 좋아했는데 침대에 나란히 누워 있다가도 '콜라비 먹을까?' 하면 벌떡 일어나 냉장고 앞으로 쏜살같이 달려갔으니, 천재가 확실하다.

인생에 늘 따뜻한 봄날만 있지 않듯 우리에게도 어려운 시기가 있었다. 갑작스레 좋지 않은 일로 폴로와 6개월을 떨어져 살아야 했다. 암흑같이 깜깜한 시기를 지나 나는 다시 폴로와 함께 살게 되었지만 이전처럼 오랜 시간을 함께 보낼 순 없었다. 폴로는 다시 집에서 홀로 나를 기다려야 했다. 오랜 시간을, 문만 바라보면서……

문득 폴로의 얼굴을 보니, 어느덧 훌쩍 나이를 먹어 얼굴 털이 하얗게 세버렸다.

'여덟 살…… 사람이라면 50대쯤 되었으려나.'

이리저리 살펴보다 폴로 입술을 보는데, 입술 색이 뭔가 예전과 달랐다. 핏기가 없는 것 같아 동네 병원으로 갔다. 빈혈이라며 고기라도 먹이라고 했다. 하지만 폴로의 몸 안에서는 뭔가 그보다 더 좋지 않은 일이 일어나고 있었다. 병원을 옮겨 검사를 받았는데 '비장 종양'이라는 진단을 받았다. 이미 종양이 온몸에 퍼져 손을 쓸 수 없는 상태라고 했다. 더 큰 병원으로 가서 수혈도 받고 폴로가 살 수 있는 방법을 찾아봤지만 우리에게 남은 시간은 앞으로 2달 정도라고 했다.

폴로는 나의 전부였다. 나의 가족이었고, 나의 사랑이었던 폴로를 살려야 했다. 하지만 폴로를 살릴 힘이 내게는 없었다. 그저 주사기에 밥과 약을 넣어 억지로 먹게 하는 것밖엔 내가 할 수 있는 일이 없었다. 이별이 가까이 왔다는 게 느껴졌다. 이제 곧 폴로가 멀리 떠나리라는 것도 알았다. 하지만 안다고 이별을 준비할 수 있는 것은 아니었다.

그날은 웬일인지, 폴로가 닭고기가 감겨 있는 간식을 먹었다.

"그래 폴로야 잘 먹어야지, 잘 먹고 나아서 우리 함께 벚꽃 보러 가자."

폴로가 다시 살아난 것 같아 표현할 수 없이 기뻤다.

퇴근을 하고 집에 왔다. 전날까지만 해도 퇴근하면 다가와서 꼬리를 쳐주던 폴로가 오지 않는다. 눈앞이 캄캄해지는 기분이 이런 거구나. 방으로 뛰어 들어갔다. 폴로가 침대 밑에서 힘없이 꼬리를 치고 있었다.

너무너무 보고 싶었어요

'엄마, 저는 이제 일어날 수가 없어요. 어서 와요. 보고 싶었어요.'

　　나는 울면서 폴로를 안았다. 배에 복수가 가득 찬 폴로는 더 이상 서 있을 수도 없는 상태였다. 폴로를 안고 병원으로 갔지만……. 이제 폴로를 보내줘야 할 때가 온 것이다.

　　폴로가 많이 아파할 거라고 했다. 말은 못 해도 괴로울 거라고……. 그러니 이제 편안히 보내주자고 했다. 작별 인사를 하라고 했다. 어떤 말을 하면 작별이 되는지, 지금 이 시간을 어떻게 견뎌야 하는지, 어떻게 폴로를 보내야 할지 몰랐다. 의식이 없던 폴로가 고개를 번쩍 들었고, 잠시 눈에 생기가 돌았다. 그리곤 다시 의식을 잃었다. 나의 폴로가 이제 떠난다. 무지개다리 너머 아프지 않은 그곳으로.

　　"나의 사랑 폴로야, 내가 너에게로 가는 날 예쁜 눈을 반짝이며 달려 나올 거지? 우리 꼭 다시 만나."

이제 없어요

아파트에서 강아지를 키운다는 것, 특히 나 같은 쫄보에겐 조심할 것들 투성이였다. 그중 가장 신경 쓰이는 곳은 바로 엘리베이터다. 레오와 산책을 가기 위해 엘리베이터를 타면 다양한 사람들을 만나게 된다. 강아지에게 너무 호의적인 사람, 무서워서 엘리베이터 타기를 주저하는 사람, 놀래서 소리 지르는 사람 등 다양한 시선과 반응을 마주한다. 주민들의 성향을 기억해두었다가, 강아지를 싫어하거나 무서워하는 사람을 마주치면 엘리베이터를 타지 않는 것이 내가 생각한 서로 편한 방법이었다.

다행히 아랫집, 윗집, 옆집 이웃들은 레오를 예쁘게 봐주셨다. 덕분에 엘리베이터를 탈 때마다 긴장했던 마음도 조금은 내려놓을 수 있었다. 레오를 잘 모르는 이웃의 오해가 불러온 작은 소동에도 저 강아지는 온순하다며 우리 편을 들어주기도 했다. 이제 겨우 편해졌다고 생각했는데, 다시 엘리베이터 타는 일을 주저하게 되었다.

　레오를 허망하게 보내고 며칠 지나지 않아서였다. 남편이 출근길에 옆집 이웃을 엘리베이터에서 만났다. 먼저 말을 해야겠다는 생각에 레오 소식을 이웃 분들께 전했다. 어느 월요일 아침, 엘리베이터 안에서 만난 학생은 눈물을 참지 못했고, 덤덤하게 소식을 전한 남편은 운전대를 잡고서야 울음을 터뜨렸다.

　그리고 어제. 아랫집 아주머니와 엘리베이터를 같이 타게 되었다.

　"강아지는 추워서 이제 산책 안 해? 요즘 통 안 보여서."

　나에겐 처음이었다. 목에 주먹 하나가 걸린 느낌이다. 얼어버린 나를 대신해 남편이 차근차근 설명했다. 여름에 교통사고를 당했다고. 아주머니는 어떻게 하냐며, 많이 아프냐고 집에 있냐고 물었다.

　"아니요. 이제 없어요…… 죽었어요."

　죽었다, 무지개다리를 건넜다, 강아지별에 갔다는 둥 할 것 없이…….
맞다. 레오는 죽었다.

　아주머니는 적잖이 놀랐고 요새 통 보이지 않아서 걱정했다며, 힘든 시간을 보냈겠다고 위로를 건네셨다. 애써 괜찮다고 인사를 하고 엘리베이터 문을 닫았다. 그리고 집으로 들어오며 우리는 참았던 눈물을 터뜨렸다. 나는 처음이었는데, 남편은 그동안 많은 이웃들에게 강아지가 요즘 잘 안 보인다는 말을 들어왔고, 그때마다 오늘처럼 덤덤하게 소식을 전했다고 한다.

미처 하지 못한 말을 글로나마 전해야겠다.

"그동안 레오를 사랑해주셔서 감사합니다."

함께 걷자

오늘따라 기분이 롤러코스터 타듯 오르락내리락한다. 임신 후 호르몬 때문인지 작은 일 하나에도 서운하고 금세 마음이 상해버린다. 후, 하고 내뱉은 한숨에 곁으로 쪼르르 다가온 플리. 너와 함께 오늘도 걸어야겠다.

3년째 나와 함께 걷는 플리는 사람을 참 좋아하는 아이다. 예쁨 받는다는 것을 잘 알고 있어서 애정 또한 엄청 요구하는 아이이기도 하다. 이런 사랑스러운 플리에겐 분리불안이 있었다. 가족이 되던 순간부터 내내 나와 붙어 있었고, 요구하는 대로 무한히 사랑을 받다 보니 하나둘 나와의 관계가 틀어져버린 것이다. 바른 관계 정립을 위해 전문 기관에서 교육을 받던 중 임신 사실을 알게 되었다. 우리가 넷이 된다는 것, 플리는 어떻게 생각할까.

점점 배가 불러오고 컨디션이 좋지 않은 날들도 있었지만 매일 플리와 산책을 나갔다. 눈빛을 주고받으며 내 걸음에 맞춰 걷는 플리를 보노라면 스트레스가 풀렸다. 매미 소리 들으며 손부채질을 나누고, 떨어진 낙엽을 밟으며 걷고, 흰 눈 사이로 달리다 보니 어느새 따뜻한 봄이 가까이 왔다.

4월 어느 봄날, 우리 집 막내 태양이가 태어났다. 태양이와 함께 처음 집으로 가던 날 플리가 어떤 반응을 보일지 걱정 반 설렘 반이었는데, 플리는 가족들 반기기에 바빴다. 아기를 손님으로 생각하는 듯했고, 내게 반갑다고 히웅히웅 소리 내며 꼬리 춤을 추었다. 사랑스런 내 새끼, 얼마나 보고 싶었는지 모른다. 드디어 진짜 육아육견 라이프가 시작되었다.

'으애애애앵-'

지금 내게 필요한 건 스피드! 서럽게 울어대는 태양이의 분유를 타는 손도 마음도 눈도 바쁘다. 여기에 발밑에 쪼르르 다가와 분유 맛 좀 보자고 시위하는 플리의 시선까지 더해진다. 애처로운 눈빛을 발사했지만, 겨우 한 번의 쓰다듬을 받은 플리는 나를 따라 방으로 들어온다. 젖병을 물리니 그제야 울음을 그친 태양이. 미션 성공의 짜릿한 기쁨을 플리와 눈빛으로 나눈다.

플리와 함께 자연 속 계절 여행을 즐겨 하던 우리는 태양이의 첫 여름을 맞이하여 여행을 떠났다. 반려견 동반 출입이 가능한 수목원으로 갔는데, 이전에 셋이 다니던 여행과는 차원이 달랐다. 여름이어서 그랬

flee's Fam

플리는 '육아 중' 수영은 역시 개헤엄이자

겠지만 유난히 땀이 많이 흐르는 여행이었다. 지역 축제 기간과 겹쳐 많은 인파에 당황했지만, 플리는 우리에게만 집중하며 걸었다. 얼마나 기특하고 든든하던지. 그땐 힘들었다 기억하지만, 다음 계절 여행을 생각하는 내 마음에 설렘이 가득하다. 플리야, 겨울엔 흰 눈이 쌓인 자작나무 숲이 좋겠지?

어느덧 플리의 어마무시한 털갈이 시즌이 돌아왔다. 태양이가 거실에서 기어 다니며 놀고, 모든 궁금함을 입으로 푸는 구강기가 시작되면서 나는 더욱 부지런해졌다. 수시로 플리 빗질을 해주고 돌돌이와 청소기, 걸레질로 쉴 틈 없는 육아생활을 하고 있다.

아이와 강아지를 함께 키운다는 것, 어떤 이들은 그래선 안 된다고 말한다. 나 또한 임신한 순간부터 괜한 걱정을 하기도 했다. 하지만 전투 육아라 불리는 이 시기를 플리가 있어 외롭지 않고 힘들지 않게 보내고 있다. 아기띠에 태양이를 안고 플리와 나란히 걸으며 커피를 사고, 붕어빵을 사러 가는 이 시간이 얼마나 소중한지 모른다.

'툭, 투둑.' 낙엽 떨어지는 소리에 두 개의 시선이 바닥에 꽂힌다. 생애 첫 가을, 모든 게 새로운 태양이와 세 번째 가을을 함께하는 내 곁의 플리. 이 둘과 함께하는 가을이 짙어진다.

"플리야, 태양이한텐 비밀인데 언제나 엄마 아빠에겐 네가 1순위야. 기대 반 걱정 반이었는데, 태양이랑 잘 지내줘서 너무너무 고마워. 사랑한다, 내 딸 플리."

김제리 씨입니다

"와, 어쩌지."

골목을 나서면서 남편이 처음으로 꺼낸 말이었다. 핏기 없는 얼굴, 흔들리는 눈동자는 남편뿐이 아니었다. 낯선 남자 품에 안겨 불안한지 낑낑대는 강아지도 적잖이 당황한 것 같다. 눈이 오려는지 잔뜩 흐린 하늘 아래 잿빛 얼굴의 한 남자와 강아지가 함께 집으로 간다. 사고 쳤다 우리.

레오를 보내고 일주일은 둘 다 패닉 상태였다. 일상생활이 힘들었고, 자다 울고 먹다 울며 시간을 보냈다. 그날도 울다 지쳐 누워 있는데, 문소리가 나고 남편이 들어왔다.

"나, 답 찾았어! 이 슬픔을 극복할 방법을 알았어!"

눈을 반짝이며 신이 난 남편 손에는 회사 근처에서 포장해온 설렁탕이 들려 있었다.

"설렁탕이 답이야?"
"아니, 일단 먹으면 알려줄게!"

설렁탕을 먹으면서 남편이 보여준 건 어느 보더콜리 유튜브 영상이었다. 다른 강아지에게서 레오의 모습을 발견한 남편은 다시 강아지를 키우면 된다고, 우리 다시 그 행복을 느낄 수 있다고 했다.

다시 강아지를 키운다라⋯⋯. 내게 그런 자격이 있는 걸까. 기대와 달리 주저하는 내게 남편은 강아지랑 함께하는 삶을 다시 살고 싶다고 했다. 레오가 주었던 사랑을, 그 포근함을 다시 느끼며 살고 싶다면서. 그 한마디가 마음에 콕 박혔다.

모견 곁에서 건강하게 크는 강아지 찾기를 두어 달. 그 기간 동안 다시 함께하는 삶에 대해 고민하며 주저하다가도 희망하기를 반복했다. 그러다 오늘, 다시 품에 강아지를 안았다. 그런데 기대와 설렘보다 불안과 초조함이 더 크게 다가왔다. 우리는 다시 서로에게 적응해야 한다. 새로 가족이 된 김제리 씨도 우리도.

레오를 키워보아서 안다. 첫날엔 1그램의 정이 붙고, 이튿날엔 2그램의 정이, 4그램, 16그램, 256그램⋯⋯ 날이 갈수록 없어선 안 될 귀한 존재가 된다는 것을. 레오와 그랬듯 우리는 또 김제리 씨와 사랑하고 좋은 날들을 보내다가 어느 날 예정된 이별을 하고 다시 만날 것이다. 주어진 오늘에 충실히 아끼고 사랑하고 보듬어야겠다. 근데, 김제리 씨. 그만 좀 짖으면 안 되겠습니까?

우리 집에 보더콜리가 산다.

나의 가족,
나의 무스

"오늘 밤 한파가 있으니 단단히 대비하셔야 합니다."

떨리는 손으로 손전등을 잡는데, 라디오에서 뉴스가 흘러나왔다. 계속된 야근으로 지쳐 있었지만 오늘도 나는 서울에서 택시를 타고 이곳 포천까지 달려왔다. 까만 밤, 무서움도 잊은 채 칼바람이 부는 산속으로 뛰어들어간다. 휭, 휭. 거칠게 불어대는 바람 속에서 나는 손전등을 이리저리 비추며 절규에 가깝게 무스를 불렀다.

"무스야, 어디 있어? 무스야! 무스야!"

오늘이 3일째. 무스는 여전히 대답이 없다.

비 오는 오후 4시, 마트 다녀오는 길

1인 가구로 혼자 사는 나는 의류 디자이너다. 이번 시즌 준비로 야근이 잦아, 며칠 전 혼자 있는 무스를 포천 엄마 집에 맡겼다. 엄마는 '요시'라는 비글을 키웠는데 자유로운 영혼 요시는 매일 홀로 산책을 즐기는 아이였다. 아침에 나가서 뒷산 구경을 하다가 밥 먹을 때가 되면 슬렁슬렁 집으로 돌아오곤 했다. 그런 요시와 함께 밖으로 나간 무스가 3일 전부터 들어오질 않고 있다.

첫날 엄마의 연락을 받고 나는 택시를 잡아타고 포천으로 달려갔다. 그날도 새벽 3시까지 울고불고 산책로도 없는 야산을 헤집고 다니며 무스의 이름을 애타게 불렀다. 무서운 칼바람 속에 사라진 나의 무스, 도대체 어디로 간 걸까?

인터넷 카페에 올라온 사진을 보고 한눈에 반해서 데려온 아이. 나의 무스는 엄청난 말썽쟁이였다. 자취방을 지켜내기 위해 아무리 피곤해도 퇴근 후엔 눈이 오나 비가 오나 무스와 함께 산책을 나갔다. 무스가 5개월 되던 때에 갑자기 차를 쫓는 행동이 나타나더니 며칠 지나지 않아 뛰어가는 사람들에게 덤벼드는 행동으로 이어졌다. 아, 이걸 어쩌나. 무스가 왜 그런지 고민만 하고 있을 수 없었다.

이때부터 퇴근 뒤 시간은 온전히 무스를 위해 썼다. 매일 차가 많이 다니는 사거리로 나가 무스에게 간식을 주며 흥분도를 낮춰주려고 했고, 벤치에 앉아 사람들의 움직임에 익숙해지도록 노력했다. 1년여를 노력한 끝에 무스의 문제 행동이 없어졌고 나와 호흡이 착착 잘 맞는 보더콜리가 되었다.

지금에서야 '그땐 그랬는데 지금은 안 그래요.'라고 말하지만, 결코 쉽지 않았다. '내가 왜 보더콜리를 데려와서 이 고생을 하나.' 하는 생각을 해본 적도 있다. 그래서 이런 일이 생긴 걸까.

살을 에는 추위에 어디선가 울고 있을 무스를 생각하니 눈물이 터져 나왔다. 퉁퉁 부은 눈으로 출근하기 위해 택시를 탔다. 서울에 도착해서 긴급히 전단지를 제작했다. 제작이 완료되었다는 연락을 받고 2분 후, 엄마에게서 연락이 왔다.

"무스 돌아왔어!"

무슨 정신으로 택시를 타고 다시 포천으로 갔는지 모르겠다. 무스는 피를 흘리며 집으로 돌아왔다. 올무에 걸렸던 모양인지 배쪽에 살이 둥그렇게 파여 있었고, 생식기도 떨어져 나갈 듯 겨우 붙어 있었다. 지난 4일간 그 올무에서 벗어나려 얼마나 발버둥을 쳤을지, 발톱이 몇 개나 빠져 있었다.

떨리는 마음으로 문을 열었다. 아픈 무스는 온몸이 축 늘어진 채로 소파 위에 누워 있었다. 나를 본 무스는 아픔도 잊고 소파에서 뛰어 내려와 미친 듯이 꼬리를 흔들며 내 품에 안겼다. 다시 내 품에 무스가 있다. 나의 가족, 나의 무스가 있다. 무스가 나를 달래듯 핥아주고 어루만져주는데, 그 온기가 너무나도 따뜻해서 나는 어린아이처럼 엉엉 울어버렸다.

그 길로 나는 무스와 함께 서울로 돌아왔다. 그리곤 야근 많은 회사에 사직서를 냈다. 내게 중요한 게 무엇인지 깨달았다. 나의 가족, 나의 무스를 행복하게 해주고 싶어서 야근 없고 유연하게 근무할 수 있는 직장으로 옮겼다.

무스와 나는 오늘도 함께 산책을 나간다. 평범한 듯 반복되는 하루하루가 감사하고, 내 곁의 무스가 너무나도 소중하다. 그날을 생각하면 마음이 너무 아프다. 여전히 배에 남아 있는 상처가 슬프지만 그래도 내게로 돌아와주어서, 살아주어서 고맙고, 고맙고, 고맙다.

레오에게

자려고 누웠다가 호기롭게 노트북을 켜고, '레오에게'만 썼다 지웠다 한다. 매일 백 번씩은 불렀을까. 네 이름. 우리 처음 만난 날, 네 털색이 오레오 쿠키 같기도 하고, 오래오래 살라는 의미로 레오라고 지었어. 그런데…… 우리 이렇게 이별할 줄 몰랐지. 그날 함께 산책을 나가서 나 혼자 돌아오리라곤.

너를 보내던 날, 내 남은 생의 10년으로 너의 1년의 삶을 살 수 있다면 좋겠다고 생각했어. 우리에게 좀 더 시간이 있었으면 얼마나 좋았을까. 너를 치료할 수 있는 기회라도 있었으면 하는 생각을 수없이 했다. 불가능한 일을 바라고, 기적을 바랐어.

네가 없는 가을을, 또 겨울을 어떻게 지냈는지 모르겠다. 그저 버티고 울고를 반복하면서 괴로움이 지나가기를 바랐던 것 같아. 어느 날은 견딜 수가 없어서 상상했어. 하늘의 뭉게구름을 보면서, 네가 하늘에서 신나게 뛰어노느라 구름이 이나보다 하고. 네가 잘 있다는 표시니까 나도 괜찮다, 괜찮다, 하면서.

쉬이 괜찮아지지 않는 마음을 끌어안고 결국, 네가 보고 싶다고 또 엉엉 울었어. 마치 세 살 된 아이처럼 떼 부리면서. 아무리 떼써도 돌아오지 않는 네 빈자리가 참 많이 아팠어. 그 아픔은 지금도 여전해.

너와 가족이 되던 날, 너무 큰 마음은 주지 말아야겠다고 생각했어. 언젠가 이별하는 날을 위해서. 내가 너무 슬플 테니까, 견디기 어려울 테니까 적당히 사랑하려고 했어. 근데 그게 도무지 돼야 말이지. 설거지할 때도 발밑에 생선 인형을 물어다 놓고 삑삑 소리 내면서 던져달라고 하는 너를, 자다가도 곁에 와 온기를 나누어주는 너를 사랑할 수밖에 없더라고. 설거지하면서 발로 인형을 던져주고, 잠결에 느껴지는 네 온기에 사랑한다고 말하면서 내내 행복했어. 그 밤이 그립다.

우리 쫄보 레오는 그동안 잘 지냈니? 엄마 아빠랑 떨어져서 천국에서는 누구 다리를 붙들고 있으려나. 겁 많은 우리 강아지 그곳에서는 대장이었으면 좋겠다. 기죽지 말고, 많은 친구들 사이에서 사랑받고 지내렴. 시간 나면 꿈에 나와주면 더 좋고. 많이 보고 싶다. 정말 정말 많이.

레오야. 나의 전부 레오야. 너와 함께한 1년 4개월 하고도 4일의 시간. 마지막 하루를 뺀 모든 날이 너로 인해 행복했어. 참 많이 사랑했고, 여전히 너를 너무나 사랑해. 우리 착한 딸 레오, 어느 좋은 날에 우리가 다시 만나기를 소망하고 기대해. 그날엔 밤이 새도록 이야기하자. 북실북실한 너를 쓰다듬고, 눈 맞추면서, 우리가 매일 그랬던 것처럼.

우리 꼭 다시 만나.

기쁘고 즐겁고 힘들고
슬프고 아프고 웃기다

뒤돌아보니 모든 일은 순간에 일어났다. 레오를 만난 것도, 책을 쓰게 된 것도, 그리고 레오와 헤어지게 된 것도.

1년 전, 출판 제안을 받던 봄날 나는 몹시 들떠 있었다. 홍대입구역 3번 출구 앞. 첫 미팅을 마치고 엄마에게 전화를 걸어 어쩌면 진짜 책을 쓰게 될지 모른다고 신이 나서 이야기했다. 마치 이미 책을 다 쓰기라도 한 것처럼.

전화를 끊음과 동시에 설렘과 기대는 스쳐 지나가고, 두려움과 걱정이 그새 자리를 잡았다. 과연 내가 책을 쓸 만한 재능을 가졌던가. 가졌다면, 도대체 그 재능은 어디에 감춰져 있는가. 글을 써본 적도, 그림을 제대로 그려본 적도 없는 나는 계약서에 도장을 쿵 찍으면서 생각했다.

'에라 모르겠다, 될 대로 돼라!'

그리고 1년여의 시간이 스치듯 지나갔다. 셋이었던 우리는 둘이 되었고, 어느 날 다시 셋이 되었다. 강아지와 함께하는 삶은 여느 삶처럼 기쁘고, 즐겁고, 힘들고, 슬프고, 아프고, 웃기다. 강아지를 가족으로 맞이한 후 '내가 왜 그랬을까' 잠시 후회를 하기도 하고, 우당탕거리는 시기를 거치면서 진짜 가족이 된다. 집 안 곳곳을 날아다니는 개털마저도 사랑스러울 정도로, 우리는 사랑에 빠진다. 끝없이 사랑하고, 사랑하고, 사랑한다. 때론 위로 받고 힘을 얻으면서.

그리고 우리는 이별을 향해 달려간다. 나는 걷지만, 강아지들은 달려간다. 그날이 더디 오기를 소망하지만 어떤 이들에게는 생각보다 빠르게 찾아온다. 갑작스러운 이별 앞에 남겨진 우리가 할 수 있는 일은 그저 떼 부리는 것뿐. 돌아오라고, 그러지 못할 거면 다시 시간을 어제로 돌려달라고 주저앉아서 울 뿐이다. 가슴 시리고 참 아픈 시간을 겪은 후, 우리는 말한다.

'가족이 되어줘서 고마웠다.'
'너로 인해 참 많이 행복했어.'
'그리고, 우리 꼭 다시 만나자.'

레오를 잃고 많은 이들에게 위로를 받았다. 평소 레오를 예뻐해주던 SNS 친구들은 갑작스런 소식에 함께 울어주고, 내 탓이 아니라며 등을 토닥토닥 두드려주었다. 슬픔을 잊는 방법은 달리 없었다. 그저 충분히 슬퍼하고, 애도할 뿐.

누군가 그랬다. 다른 강아지를 가족으로 들이라고. 당장은 마음 아픈 말 같지만 자신의 경험으론 많은 도움이 되었다고 했다. 레오를 잃은 슬픔을 다른 강아지로 채울 수 있을까. 그래도 되는 걸까.

결론적으로, 우리는 제리를 가족으로 맞이했다. 레오의 빈자리를 모두 채울 순 없지만 제리를 통해 오늘도 우리는 위로받고 웃는다. 함께 산책을 나가고 함께 돌아오는 일상에 감사하면서.

며칠 전, 엄마에게서 또 사진 한 장이 전송됐다. 아빠 비닐하우스에서 발견된 이빨도 나지 않은 누런색 새끼 강아지. 개장수가 돌았는데 그때 차에서 빠진 건지 모르겠다고, 주변 사람들은 발로 차서 내쫓으라고 했는데, 아빠는 어떻게 내 집에 들어온 생명을 내쫓냐고 했다. 그렇게 식구가 하나 더 늘었다. 도시의 삶을 접고 시골 생활을 계획하면서 가족이 된 '킹', 고구마 팔러 갔다 구조한 '고구마', 그리고 이제 가족이 된 어색한 막내 '감자'. 친정엔 이렇게 세 마리 강아지가 있다.

아무런 조건 없이 나를 바라봐주고 사랑해주는 존재, 천사 같은 털북숭이 친구, 강아지가 우리 가족의 곁을 지키고 있다.

우리 삶은 여전히 행복하다.

우리 집에 보더콜리가 산다

지은이　박스타
초판 펴낸날　2020년 8월 24일
개정판 펴낸날　2021년 7월 6일

펴낸이　김남기
편집　윤미향
디자인　여YEO디자인
마케팅　남규조

펴낸곳　소동
등록　2002년 1월 14일(제19-0170)
주소　경기도 파주시 돌곶이길 178-23
전화　031·955·6202　070·7796·6202
팩스　031·955·6206
홈페이지 http://www.sodongbook.com
페이스북 https://www.facebook.com/sodongbook
전자우편 sodongbook@naver.com

ISBN　978-89-94750-47-7(03810)
값　15,000원